紫色香蕉花

李依倩

著

目錄

台灣社會文化問題的大包裹

——《紫色香蕉花》序

顏崑陽

《紫色香蕉花》是一部有學問、有思想的人所寫出來的長篇小說；只習慣於看故事、找樂趣的讀者，你，已被這部小說拒絕在門外了。

李依倩在找尋能懂她小說的讀者們，與她一起關懷某些社會文化問題，甚至彼此對話、爭辯。寫小說、讀小說，真的在樂趣之外，還有更需要多費心思的意義！

李依倩，美國普渡大學傳播學博士，文化研究的犀利學者，也是大學裡用頭腦、嘴巴與筆工作的教授。後現代、後殖民、性別、新傳播科技等，都是她貯藏飽滿的學問。學問，需要表達；然而，長期以來，在學術象牙塔裡，抽象概念的論述，是辨識身分、壟斷溝通媒介的規範性話語形式。眾聲喧譁，卻翻不出學院的無形高牆。對牆外的大眾而言，牆內偶然飄出的聲音，彷彿是找不到翻譯者的外星語。愛因斯坦早就說過：

專家訓練有素，卻人事不知。智哉斯言！

最不關懷社會，也不知如何關懷社會，甚至遠離社會而幽閉在實驗室、圖書堆、資料庫裡，卻又自以為真理代言者的特殊人種，恐怕要算是專家學者了。雖然不是每個都同一模樣，但是這種疏離社會的學者的確占了大多數。我經常害怕自己也是其中之一。

李依倩肯定不願意幽閉在象牙塔中，只能說些自己與少數同行才聽得懂的理論，而讓自己的聲音永遠翻不出牆外。當代的文化研究，本來就不是幽閉在象牙塔中，操作抽象概念、耍弄術語、編織理論的知識生產工作。文化研究所做的論述，是一種社會實踐的話語形式。學者們應該走到象牙塔外，拒絕一切被當權者、強勢者所規訓的教條，而與大眾一起呼吸、一起感知切身經驗的社會處境；並揭露當權者、強勢者所製造，卻又層層掩飾，不符正義原則的黑幕。他們通常都站在被壓迫、剝削的弱勢群體這一邊，與他們共同發聲、攜手行動，終而改變了不合理的社會處境。

因此，文化研究的學者們，必須切中眼前正在發生而繼續擴散、滲透的社會文化問題，說出大眾都聽得懂的話語，以啟發他們的心眼、引導他們的行動。德國法蘭克福學派的霍克海默（Max Horkheimer, 1895-1973），大多時間都在想著怎麼改變這個遍布高牆、牢籠以及榨油機的社會，這是社會學家不能規避的責任。社會學理論必須能轉化為實踐的準則及動力，否則都是無用的空言。因此他除了闡述「批判理論」的專著之外，更寫了很多大眾都讀得懂的隨筆，以啟發、引導他們如何找回正義的價值，建立一個開放而理性的社會處境。

我相信李依倩完全了解她所做的文化研究，不能只是躲在象牙塔內，操作抽象概念及專業術語，編織系統化而僅供專家閱讀、審查的理論，並賴以保住衣食無缺的工作。文化研究所生產的知識，不能疏離於人，不能與當代大眾的現實生活脫節。她必須銳利而深層的透視到台灣眼前的社會文化問題，而尋找可能的回答，為弱勢族群發聲；並且必須讓聲音翻出象牙塔的牆外，撥響眾人的心弦。那麼，一種非專業論著而能親近大眾閱讀的敘述形式——小說，就是她聰明的選擇了。

小說，就是她文化研究成果，專業論著之外，另類的敘述形式。她選擇這種親眾性的話語形式，敘述了她所觀察、感知、詮釋、批判的台灣當代社會；也敘述了自己，做為一個文化研究的學者，她絕對不肯疏離台灣這個社會，只是幽閉在學院這座知識工廠中，埋頭做個知識生產的車床或沖模工人。小說，是她越過學院高牆，走進大眾的現實生活中，做為社會實踐的「柔性話語」。

或許有很多人認為：小說，雖然具有虛構性，卻是最貼近現實世界；「似乎」可以「再現」這個世界的一種敘述形式。

然而，說世界，非世界。語言文字所敘述的世界，真的那麼貼近我們身在其中的這個現實世界嗎？會不會那只是作者身在廬山之中，而做了一個自認為「識得廬山真面目」的幻夢。

客觀「再現」其實也只是主觀「表現」，另一種形式的包裝！沒有任何一種語言形式的敘述，能完全將敘述者主觀的「用心」剝除乾淨；差別只是顯現或隱藏而已。

敘述形式，永遠都處在「革命」的動態歷程中；固定不變的敘述形式，就是在複製文學的木乃伊。創造衝動特別強烈的作家，絕對不會滿足於複製文學的木乃伊。反思、批判，甚至解構前一文學年代既定的典律，而對文體的本質、功能以及敘述形式重新定義，並付諸創作實踐；這是不守規矩的作家，難以壓制的叛逆行為。

李依倩就是小說創作的「革命分子」，不守規矩是她的性格。從她的第一部長篇小說《深海潛行》（聯合文學，二〇〇四），就依稀看到她這樣的身影。不過，那時候在敘述形式上，她還沒有拆解一般小說的基模形構。在《深海潛行》中，她的革命指標，不是作者而是讀者，尤其是那些自認為有學問、有品味，坐在裝飾高雅的學術殿堂中，而鄙視著羅曼史小說的學者們。所謂低俗、套路、缺乏創意、沒有思想，往往是這些滿腦子理論，自視為精英分子的學者們，對羅曼史小說不讀而直斷的判詞。然而，羅曼史小說卻曾經伴隨許多台灣青少年男女度過青春歲月，滿足他們對愛情與身體欲望的浪漫想像。那些站在雅文化高台上的學者們，或許已經遺忘自己也曾經是羅曼史小說狂熱的讀者，可能瓊瑤就是當年他崇拜的偶像呀！

「雅」與「俗」要如何才能一刀兩斷？其實，「高雅」往往只是自視精英階層者所層層裝飾而自欺欺人的世界。再怎麼被尊奉為偉大、崇高的人，一旦從道德、學問、權力、財富、事業的雲端降落到凡間，在日常生活中，他仍然是個「食色性也」的「常民」，難道就不俗嗎？他有什麼高人幾等的條件，讓他這樣鄙視飲食男女之事？甚至，有些所謂高雅之士，在鄙視羅曼史小說之餘，自己卻正在「複製」小說中的情節。人呀！往往在黑暗處做著在光亮處所鄙視的行為，會不會那黑暗處的行為，才是更接近人性的「事實」！

《深海潛行》中的女主角容深，她和一般人同樣鄙視羅曼史小說，卻以翻譯羅曼史小說為業，拿稿費，以維持生活。同時，她又在學院裡，以女性主義的理論研究羅曼史小說，以取得學位；而現實生活中，她卻不知不覺的「複製」了小說似乎「虛構」的情節，與出版社的經理上演了羅曼史，一度浮沉在情欲的幻海中，所幸她終究沒有滅頂。小說與現實世界真的可以切割成兩個完全不彼此交集重疊的世界嗎？或許，人們一方面狂熱閱讀，卻又一方面鄙視的羅曼史小說，它的典型化，其實反照著「情欲」根本就是人之生命存在的「事實」；然而既是人性之所欲，卻又低俗以視之，這難道不是一種以「高雅」自我粉飾的虛偽嗎？

羅曼史小說，這一文類已有漫長歷史，產生於男性中心的社會，而早就被「典型化」的男女情欲書寫。它的深層所隱藏「男性中心」的文化意識形態，在女性主義思潮已橫流過二十世紀而漫衍到二十一世紀的今日，難道還要讓它像一罈讓男人陶醉的美酒，繼續封存下去嗎？

這樣籠罩著迷霧的文化現象，相沿已成刻板。李依倩做為小說創作的「革命分子」，就獨具隻眼的進行拆解。她以帶著後設性質的長篇小說《深海潛行》，對立辯證的演示了被視為「虛構」的羅曼史小說世界與被視為「真實」的常民生活世界，彼此映照出最貼近「男性中心」社會，一向被隱藏的性別結構與情欲追求的文化現象。這是她第一次選擇小說的敘述形式，表達自己的文化研究，所「用心」關懷的問題。主觀與客觀，虛構與真實，無從切分。

《深海潛行》的敘述形式，仍然保留著小說的基模形構，大體還是設置了比較明確、突顯的男女主角——顯揚與容深，也設置了比較連續推展的情節主軸線——顯揚與容深的一段羅曼史事件。這時期，李依倩對小說的敘述形式，還沒完全拆解這一傳統的基本形構，讀者可以保持一般的閱讀習慣。

李依倩的第二部長篇小說——《紫色香蕉花》，就已經拆解了小說這一傳統的基模形構；讀者們恐怕必須調整閱讀的習慣，別把看故事、找樂趣當作閱讀的目標！

《紫色香蕉花》是一部從敘述形式到內容都很特殊的小說。在我眼中，它彷彿是當代台灣政治、經濟、社會、文化，各種問題所匯集的巨大包裹。

李依倩在《深海潛行》中所關懷的問題，還只是單純聚焦在以羅曼史小說閱讀所帶出來的雅俗文化之辨、小說虛構與世界現實、男女情欲與兩性關係的問題。這部《紫色香蕉花》，則將台灣當代政治上的白色恐怖、統獨之爭、政商掛鉤、選舉惡質化、欺騙剝削弱勢族群；經濟上的產業開發與環保衝突；全球化過程中，跨國資訊新科技以教育為名，所推擴殖民式的支配及掠奪；社會發展過程中，男女兩性主導權的爭奪；文化上的族群衝突與融合；原住民部落社會的現代化與傳統文化的保存；傳媒工作的社會責任與遭遇誹謗官司的危險；人們如何從高度文明回歸自然等等；幾乎所有當代台灣政治、經濟、社會、文化的各種問題，都打包在一起，丟進這部小說中去處理。

顯然，這是李依倩二〇〇四年發表《深海潛行》之後，她的文化研究成果，對台灣當代社會做了敏銳、深度的全面觀察、思辨，所掌握到的問題與回應。她又再一次選擇能翻出學院高牆，讓大眾親近閱讀的話語形式——小說，既敘述了她所觀察、感知、詮釋、批判的台灣當代社會；也敘述了她自己，做為一個文化研究的學者，她未曾改變過，仍然一本初衷，關懷著台灣這個她生於斯、長於斯、活於斯的當代社會。

這部《紫色香蕉花》的敘述形式，顯然拆解了小說一般的基模形構。不像故事的故事，就從一家跨國資訊科技公司——美商全星，在台東舉辦春季論壇「資訊與社會發展」的公關活動開始。下午接著招待與會人員參訪日昇鄉排灣族的虹源部落，以了解這個部落接受美商全星的規畫及輔導，借助新資訊科技追求現代化的狀況。時間限定在這半天，空間限定在這個部落。就在這有限的時空場景中，讓各種族群、不同年齡層、不同學經歷、不同社會關係、不同意識形態的角色，在走訪的過程中，隨興參觀，彼此交談或各自行動，沒有因果串接的情節發展主軸線。而就在這敘述過程中，將當代台灣政治、經濟、社會、文化的各種問題，打包丟了進來。順敘、插敘、倒敘彷彿隨意交錯，將片片段段不連貫的平常瑣事，拼貼成問題紛雜的台灣社會圖像。

這些片片段段，不像故事的故事，既不曲折離奇，也不引人入勝，只是現實世界的日常生活中，分分秒秒散殊發生的瑣事。這些紛雜的瑣事，沒有被作者刻意設計成連續推演的動態性情節結構，當然也沒有極端性的處境，沒有強烈衝突與解決問題的高潮；彷彿就是客觀世界如實的再現。其間，雖然有袁靜語與周梨文兩個看似主角的人物，從頭到尾穿插出現，也忽斷忽續的敘述到她們之間，從誤解到了解的牽扯過程，卻又不是全篇小說主題的重心；而其他人物也不斷交換出場，沒有因果貫串與必然交集的行動，一切都是偶然、隨機的發生；至於所要處理的政治、經濟、社會、文化各種問題，焦點不斷轉移、跳接，卻都有如蜻蜓點水，沒有因果推演的繼續發展，當然問題也就沒有明確的答案。或許，李依倩只想呈現台灣這個社會究竟有多少問題；而這些問題都不是任何個人能給定答案，包括她自己在內。

這種敘述形式，顯然已將一般小說傳統的基模形構徹底拆解，宣示作者拋棄了小說總是主觀刻意設計性格鮮明的人物、極端的處境、不平常的故事、因果邏輯嚴密的情節推演結構，這不就明白的告訴讀者，小說中的人物、故事純屬虛構，請勿對號入座；而小說家虛構這些故事，組織這樣的情節，就是藉以「表現」作者意圖導向的「主題」。

作者的心靈世界、語言符號的世界與現實存在的世界，拉開了明顯的距離。那麼，誰又能指認小說比詩歌、散文更貼近現實世界，而成為一種可以「再現」這個社會的敘述形式？

客觀現實世界的人類社會，日常生活中，分分秒秒都散殊的發生紛紜的瑣事，卻多屬偶然，彼此未必有著必然的交集與因果關聯；而各種社會文化的問題，也交雜並生，彷彿一團找不到頭緒的亂絲，因果邏輯總是論述者主觀詮釋的串聯。李依倩似乎想放棄她可以主觀詮釋而設計結構嚴密、因果井然的敘述形式，就讓台灣當代的社會現象自發的演示，而各種問題也讓它紛雜的呈現。而在敘述過程中，我們清楚的看見，做為一個文化研究的學者，李依倩真的對排灣族的傳統文化，做過扎實的考察工夫。除了場景、人物言行的細微描寫，讓語言敘述的世界更貼近客觀現實世界之外，她更適度融入有關排灣族傳統文化的知識，而讓虛構性的小說加強了幾分報導性的寫實。然而，做為一個文化研究者，她對台灣社會觀察、感知、關懷的「用心」，真的隱藏得掉嗎？

其實，她的「用心」，在解構故事情節之後，卻已滲透到不相連續的片片段段敘述中，空間場景精細的描繪與人物幽微的意識流動，這一類帶著隱喻效用的詩性意象，就如同部落夏夜山林中成群的螢火蟲，閃爍在小說的字裡行間。而從台灣土地原生的「紫色香蕉花」，以及家庭飽受政治白色恐怖之害的袁靜語，臉上「形如破碎島嶼的胎記」。這二個做為暗示主題，重要的隱喻符碼，肯定會讓讀者陷入沉思，引觸某種靈光一現，似解而未解的感悟。

閱讀過程中，我總覺得李依倩更像是個詩人，這種特質早在《深海潛行》就已展露，而《紫色香蕉花》更是表現無遺。小說、詩歌、散文，其實也不是可以乾淨切割的不同文類。

詩人有時會比小說家更直觀的穿透層層掩飾的表象，看見沒有被言語揭露的生命存在情境，那可能是我們都會遭遇的苦難。在閱讀過程中，我曾被詩人心眼所透視到，當代台灣人們身處其中而不自知的生命存在苦難所驚嚇，李依倩這樣描寫：

> 靜語走在路上看著人來人往：都不認識，都是潛在的攻擊者。他們不知道什麼時候會傷害你，有意的，無意的。

這不會只是靜語個人的心理，而是台灣當代社會很多人潛藏的受害意識。而在另外一個場合，當大串的「紫色香蕉花」天外飛來，無端的砸中周梨文，她無法追究那個加害者是誰，只是感受到一種「無名的惡意」！這、這、這就是台灣當代政治、經濟、社會、文化各種問題，所交織而成的生命存在情境以及共感的心靈創傷嗎？當「無名的惡意」已潛藏每個人的心靈深處，在歷史跑馬燈的轉盤中，每個受害者，下一階段，都可能變成加害者。受害與加害，已糾纏為一種惡性循環而又看不見的社會心理，卻不像股市那樣清楚亮起紅綠的警示燈。這就是我們所生活的社會嗎？在驚嚇之後，我忽然覺得一種難以言宣的悲傷！

我希望這部「似乎」非常貼近台灣當代社會真實現象的小說，純屬李依倩個人的虛構。或許，這樣自欺的活著，我們還能相信會有一個陽光普照的明天！

（本文作者為淡江大學中文系教授）

在被害者與加害者之間
——讀李依倩小說《紫色香蕉花》

向陽

這是一部描繪集體霸凌與心靈創傷的深刻小說，從個人到族群到家國。

小說情節並不複雜，女主角周梨文任職於花東人文雜誌社，擔任記者，因為報導花蓮縣政府在某一土地開發案中涉嫌賤賣國土、破壞生態、圖利財團，遭到縣長高俊義提告加重誹謗。在誹謗案件偵結之前，她奉派前往台東排灣部落採訪某跨國資訊科技公司舉辦的論壇，巧遇任職於該公司的國中同學袁靜語，因而展開了一段回憶與現實交織、霸凌與創傷並行的故事。伴隨著這條主線的，則是政治與產業、自然保育與商業開發、族群文化差異與歷史恩怨情結的幾條支線，而總綰於人與人之間的信任與和解的主題之上。

這部小說的敘事時間，以周梨文參訪跨國公司在原民部落舉辦的科技論壇為主軸，以全知觀點交叉描寫過程中發生的事件，穿插促成周梨文和袁靜語兩人化解敵意的回憶敘事。過往的回憶與此際的現實交替詮解，外在的場景和內在的意識相互流動，構築了一段跨越不同時空、不同語境和心理的動人故事。

周梨文和袁靜語都來自政治犯家庭，前者的舅公是台共領導人物，日治時期被捕入獄、服刑五年，二二八事件後又參與二七部隊，其後偷渡前往中國；後者的父親則是美麗島事件的領導者之一，被判十二年有期徒刑，關押七年獲假釋出獄，後成為黨政要員。這樣的出身背景，讓兩人在求學階段就遭受不同程度的社會歧視和集體霸凌，造成心靈創傷，特別是對袁靜語造成了對周遭環境與人們的戒心與不信任。小說的描繪，通過袁靜語對周梨文的敵意和防備，也通過袁周兩人在活動中的交談、回憶，細緻地寫出了歷史、政治威權遺留下來的暗影，一如「紫色香蕉花」之作為隱喻，封閉、幽暗，「鬱紫的苞片反射出無機質的些許森冷銀光」注視著被害者。在小說結尾之處，作者巧妙地安排了兩人在香蕉林裡的互相追蹤與對話，掀開了兩人久埋於心內的傷口，而使創傷獲得救贖與療癒。

兩個具有威權統治年代政治犯家屬的對話和心理刻畫，在我來看，是這部小說特別精采之處。李依倩擅長細描外在景物，以如詩的語言突出環境映照之下的人物心理，讓讀者通過周梨文、袁靜語的重逢、對話，深刻感應這些威權統治下受害者面對的集體霸凌和心理創傷，讓讀者體會「監獄並不只是一個鑲了幾根鐵條的小窗，而是寬廣無邊的。你走到哪裡，看不見的牢籠都如影隨形地跟著你，而所有的人都是你潛在的獄卒」的受害者暗影。

這部小說的另一個高潮，安排在結尾處，原住民青年展開反對政府與財團掛鉤的示威遊行以及圍堵鄉公所的場景，一方面這呼應了小說開頭雜誌社因報導縣政府與財團掛鉤而遭縣長提告、跨國科技公司產業化經營部落文化之事；另方面也彰顯了在土地權、生存權和文化權都遭受來自政治、經濟的剝削的原住民族的悲哀與憤怒——很顯然地，原住民在台灣這塊土地上，也是受到外來者傷害的受害者，他們的族群創傷既深且鉅，有著歷史的成因和暗影，一如周梨文、袁靜語所受的來自政治的心靈創傷，雖然後者是個人的、家族的——反諷的是，在這場示威抗議中，這兩位受害者因為漢人的身分，意外成為「漢人霸權共犯」，被視為加害者，遭到被投擲香蕉花的攻擊，小說如此描述梨文的心境：

多年前的國中時期，多年後的現在，她老是因為非自願置身其中但沒做過的一些事被孤立，被憎恨。曾經是被害者，現在卻被視為加害者；從前是叛亂犯家屬，現在卻變成霸權共犯。歷史變遷，時間流轉，總有新的罪名加在她身上，但史書中不會有她的名字，時間對她而言並不療癒，總是一次又一次地從她的身上輾壓過去。

在被害者和加害者之間，誰才是真正的被害者呢？這是作者提出的難以解答的問題，發生在小人物身上，如此渺小，卻又如斯沉重！結尾處田校長向群眾說：「大家都是一起生活在這片土地上，沒人有資格趕別人走。」「我們都是客人，土地才是主人。我們都是或早或晚、或長或短的過客。」這才化解了僵局。當眾人在田校長邀請下躺在鄉公所前的草地上，誰是加害者、誰是被害者的問題，就交給天空和土地去解決吧。

在李依倩巧設的小說敘事結構中，透過兩位政治受難者家屬的生命故事和心靈創傷，讓我們看到了這塊島嶼共同的憂傷，這塊島嶼在不斷被殖民的歷史長廊中，從漢人來台開發到今天，不同的族群、不同的政權都曾經在某一個時段，因為利益或者因為統治者的野心，發動過或出現過組織性的集體霸凌事件，加害者施展於被害者身上、心中的創傷，延續至今未嘗解開，小至個人心靈創傷、大至族群記憶和文化的創傷，都有待化解。與其區分誰是被害者、誰是加害者，互相敵視、仇恨，不如放下心結，把雙腳所踏的土地當成主人，把自身視如過客，謙卑地愛這塊土地，一起攜手、一起努力——這應該也是李依倩這部小說《紫色香蕉花》微言大義之所在吧。

（本文作者為詩人、台北教育大學教授）

來自土地的濃郁氣息

石世豪

我和本書作者相識、相戀、結婚，再先後拋下台北的教職，到花蓮工作；其間也曾經和作者同遊花東海岸和縱谷，書中描寫或臨摹的山海、河谷、城鎮、鄉野、部落、植栽、爬蟲、飯店、校園、工坊、藝品、人物、故事，不乏親見共聞者。不過，我和各位首次接觸《紫色香蕉花》的讀者一樣，剛讀到本書時，雖然在字裡行間「發現」許多似曾相識的記憶片段；但是，幾番尋尋覓覓，卻在本書裡「發現」更多以往不曾駐足端詳，因此也來不及靜下心來細想、玩味的人文景致，以及，至今還隱藏其中的過往生命殘跡……一如紫色香蕉花散發著來自土地的濃郁氣息，浮沉在意識與潛意識之間。

實不相瞞，我也和本書其他讀者一樣，好奇想著：《紫色香蕉花》究竟是作者借書中角色訴說自己的故事，或者，作者只是透過書寫幫助書中角色說出原就屬於他們的故事，為此顧盼於不同觀點之間而感到莫名的興奮。從首頁讀起，就開始追查作者有無借小說角色代言自己，也不禁地毯式搜索書中是否出現我的分身或剪影。我這般閱讀，難免經常在書中「看」到某位舊識身形、從背景裡響起某段在他鄉聆聽過的音樂旋律，甚至至，燈下景致瞬間幻化為記憶中依稀身歷其境的某個會場擺設。就這樣，我在書中找到許多往日尋幽訪勝的驚豔感動，連綴起不少因公務繁忙而煙消雲散的謬思愁緒……然而，每當我追隨書中情節的眼底重新亮起夏夜螢火般的眾多驚豔感動，默念文本的唇內舌齒細細咀嚼這份有如回甘滋味的謬思愁緒之際，原本只是配合角色設定和故事鋪陳的人、事、地、物、因果牽連、時空背景卻一再由隱而顯、反客為主，鋪天蓋地搶進前景、爭做主題，各顯神通躍然於紙上。

從第一幕開始，讀者或許就會猜：主角周梨文是作者的化身，或者，她在本書中的思想代言人嗎？作者確實去過綠島，那一趟也是帶領一批像是實習生趙嘉琦般的文壇未來新血，冒著強風大雨登島……由於作者不騎機車，所以，島上交通主要也是靠學生搭載。正是這許多巧合，連我也曾猜測：周梨文與其說是本書主角，其實更像作者隱身其後的說書人。至於另一個地位近乎主角的書中重要角色——後來登場的周梨文國中同學袁靜語——擁有那樣特別而有如現實世界裡對應存在相同人物的曲折身世，應該是從作者少年時期的斑斕記憶中刻意翻版拓印出來；根據我以往與作者閒聊的片段印象，加上我自己間斷接觸過的時人資料，作者確實有一位這般出身的中學同學，而對應於袁靜語父母存在於現實世界裡的政治人物，也經歷過類似的婚姻關係波折。當我發現書中主要角色如此唯妙唯肖翻印自現實世界時，依稀感到胸臆之間一串氣泡掙脫層層壓力急升而起，不禁想開口喊出作者在某次國外旅遊時教過我發音的法文：Déjà vu！讓我更想緊追小說情節的隨後發展，試圖從中刨挖出更多似曾相識的心情故事。然而，我又細想：作者並未從事記者工作，雖然，她替小說作品所下的資料查證工夫可以趕上一線記者；作者也沒有一個小她八歲的妹妹，康芸或許只是「周梨文」八歲以後自我意識覺醒，從此虛構一個順從家人期待的鏡中自己，三不五時喚她出來對照自己當下的複雜心境……從周康芸曾經「提著兩皮箱教具到處應試」看來，這個從事教職的妹妹更像作者留給周遭親友的印象，而「周梨文」則是作者將冷眼旁觀世事的自己投射進小說之中具象而成……而袁靜語父母在現實世界裡眾所周知的對應人物，更曾經超越自身情感糾葛各自替台灣民主政治發展留下不可磨滅的重要貢獻……所以，作者並不只是拓印現實人物當作書中角色，書中情節也並非僅止於單純的紀錄或紀實。

不過，書中角色有關「周梨文」的舅公林克培入獄服刑、躲避追緝、搭船逃離的轉述故事，卻是如傳記般精準摘錄二二八事件當事人自傳內容及親友口述歷史：這位「舅公」正是謝雪紅的革命伴侶楊克煌。我替作者校對本書文字時，曾以自己多次造訪玉山群峰時的環視印象，建議將「母親問他：什麼時候回來？他一時答不出來，但在駛離台灣的船上遠眺玉山時，發誓一定要回來」這句話略作調整；因為，從左營到廈門的航海路徑上，即使晴空萬里、嵐煙不起，輪船乘客回望台灣頂峰的視線，也會被玉山西側的阿里山或更西側的淺山阻擋，很難親眼目睹玉山。作者表示這句話出自「舅公」自傳，「周梨文」的母親也親口印證這段文字紀錄，雖然作者也認同我以地圖及三角測量等輔助資訊提出的客觀論證，但忠於舅公自傳及母親口述更是她難捨的紀實堅持。讀者看到這段文字的定稿面貌時，或許未必了解作者曾經為此反覆推敲取捨的苦心孤詣，既然同為讀者，或許可以補充我的讀後感想：修改後的文字，應該已經充分尊重「舅公」當時激動思鄉的主觀想望，又避免讀者誤解台灣海峽與岸上群山相互對應的客觀地理位置。

至於書中其他角色及其身分、職務、性格、舉止、對白，大致也對應現實世界裡作者認識、見過、從他人口中聽聞或從新聞報導、傳記、各類資料中讀到的真實人物及其言行；為了避免當事人因本書問世而遭遇各類困擾，作者或多或少改動了她或他的部分角色設定。其中，不乏我也認識、見過的親友舊識，讀到她或他在書中再現另一番風貌，同時卻又與她或他曾有過的言行若合符節，讓我在閱讀時常恍如舊地重遊般不知今夕是何夕，在色彩絢爛、餘音繚繞的昨日重現片刻中，驚覺自己雖然也身處當下，竟然未曾如作者一樣：細察對應於書中情節的光影聲音如此與人物地景巧妙互動。熟識作者的親友讀本書時，如果隨文字及其所勾勒意象反覆揚起揮之不去的「既視感」，想必也和我一樣：感覺既像是作者邀往共同的過往記憶中促膝長談，又彷彿自己重回人生或低盪或孤絕的彼時，默想此刻仍有多少的當時堅持倖存至今。

當然，還有其他許多本書讀者與作者並不熟識，妳或你們既難以從書中角色認出現實世界裡所有對應存在的人物及其身分，作者也無法為妳或你們量身訂做一整套專屬的故友舊識關係網絡，更不可能憑空在書中打造出無數個平行世界，將每一位讀者親聞共見的過往人、事、地、物及其彼此因果牽連各安其位、精準而秩序井然地收納其中。儘管如此，妳或你們是否也曾在閱讀過程中如我一般，發現自己浸潤在不知何處漫溢而出的既視感中，目光所及處不斷浮現似曾相識的記憶片段？這些讓妳或你們感覺似曾相識的人、事、地、物及其彼此因果牽連，或許是從作者目睹或聽聞的真實人物及其周遭環境，朝相同或類似的範疇擴展更廣大、朝相同或類似的意涵刨挖得更深層、朝相同或類似的意象延伸向更形而上，雖然並未刻意描摹、但已有幾分神似的集體記憶片段。縱使本書讀者如我般與作者熟識，也可以跳脫以書中角色找出現實世界裡對應人物的「單向還原」閱讀框架，試著從本書裡尋找作者更廣大範疇、更深層意涵、更形而上意象的紀錄及紀實嘗試。

本書標題「紫色香蕉花」，在參觀「星光部落」計畫一行人來到觀景台遠眺海岸那一幕裡正式登場——絆倒「周梨文」、以「一顆顆淤血的心臟，一滴滴巨大的凝結眼淚」形象出現——成為「周梨文」和「袁靜語」之間串聯記憶與現實、意義與感受的繁複圖騰，在本書隨後許多場景中都有極為細膩的描寫。而我記憶中的香蕉花卻單純許多：厚實、無臭，色彩鮮豔，汁液黏稠，雖然原本是香蕉的繁殖器官，在台灣由於香蕉普遍由人工栽植，香甜而富含營養的果實供人食用因此改良為「無籽」，子代香蕉的繁衍反而要靠淺埋土中、蔓延歧生的根抽芽培育。妳或你吃香蕉時，應該也像我般，不曾想過香蕉或它結果前紫色的花，究竟可以轉化成如何繁複的圖騰，傳遞來自孕育它的土地裡如何濃郁的氣息。

千萬別太在意。

（本文作者任教於東華大學，曾任NCC委員）

紫色香蕉花

李依倩 著

1

颱風外圍環流籠罩下的綠島，天空墨色瀰漫，蜿蜒的公路銀色巨蟒般環繞著海岸線，路邊的黃線在幽暗天光下格外鮮麗，像是在發光。

七級陣風狂襲下，嘉琦騎機車載梨文奔馳在公路上，左側是鬱綠山巒，右側是礁岩與怒海。

一個下坡急彎，梨文陡然前傾，鼻尖撞上嘉琦安全帽下的辮底髮飾，兩個白色波紋的透明藍珠——微小的、凝結的海。

稍早，花東人文雜誌《潮聲》的記者周梨文、實習生趙嘉琦，在島嶼南端一家餐廳裡聆聽兩位布農青年的吉他彈唱。

梨文坐在嘉琦斜後方，她從那兩個不時隨節奏搖晃的藍珠子旁，可以看到前方長木桌後黑衣光頭的 Salizan，白衣長髮的 Tiang。兩人來自本島，平日以打零工為生。這一個小時以來，他們把幾首族語及國語的自創曲穿插於陳建年與動力火車、陶喆與五月天、Bob Dylan 與披頭四間。

店裡為數不多的客人似乎都沉浸在優美的歌聲中。即使是中文與英文歌，詞義也常湮沒於旋律下，但布農族語尤其如此。整間餐廳應該只有 Salizan 和 Tiang 懂，但他們從未說明，而聽眾也沒人發問。儘管如此，大家還是各自找到了融入的方法，也許是觀察歌者，也許是感受旋律，或是嫁接自己的記憶、想像。

其實，梨文早就在和嘉琦一起進行的事前採訪中聽 Salizan 說了詞義，現在聽歌卻連不起來，像是國高中時面對著考卷，明明看過題目問的東西，卻無法作答，因為那不是——還不是——真正屬於自己的知識。也許有一天會是，也許永遠不是。

從嘉琦那對珠子律動的程度來看，她似乎沒有這種困擾。

牆上木雕海馬圓肚子裡的時鐘，顯示時間為一點二十分。

「該走了。」梨文對嘉琦附耳低語。

珠子停止搖晃。

「船班不是兩點半？」

「Salizan 和 Tiang 兩點要參加汙水處理的臨時工招募。我們不走，他們就會一直唱下去。」

「可是……」

可是什麼？怕他們的才華與精力在那所有綁鋼筋、釘板模、扛水泥、搬磚塊的零工裡耗盡？

「這是他們的人生，我們沒辦法幫他們下決定。」

「你現在不就是在幫他們下決定？」

她們的聲音壓得很低，但不只是正前方的 Salizan 和 Tiang 注意到這裡不知該說是微小還是巨大的紛爭，其他幾個客人也先後側目。

梨文靜靜地站起來走向門口。過了一會兒，嘉琦跟上去。

Salizan 和 Tiang 繼續彈唱。不知道是不是最後一首，但他們唱得彷彿完全無憂無慮。明亮而柔和的燈光從垂墜著一整圈貝殼串珠的吊燈灑落在他們身上，大朵大朵的海藍色與粉橘色扶桑花在他們頭頂的象牙白天花板裡綻放。胖嘟嘟的七彩熱帶魚在右牆的掛畫上優游，而左牆的巨幅炭筆素描中，一個黝黑瘦小的男孩裸著身子艱難地站在洶湧的海水中，奮力舉起雙臂，把一株比他還高的白色百合伸向烏雲掩蔽的天空。

機車繞過一個岬角，公路陡降，像要引領旅人投身入海。

狂風持續吹襲下，機車劇烈搖擺，隨時可能翻覆。嘉琦將車子擦著崖邊護欄煞停，梨文連滾帶爬地脫離即將觸地的後座，一把抓住身邊的鐵欄杆。風大到她連欄杆都快抓不住，手掌在杆上前後左右磨得發疼。

腳下洶湧的大海中，扇形海浪不斷地在環狀礁岩邊如花綻開，迅即潰散後湧入礁池。滿溢的海水從岩縫間流瀉如瀑，進入池中的初如凝脂，雪白而溫潤，接著徐徐開展為一片象牙白蕾絲，漸趨平靜後，成為一面微帶波紋的黑鏡。

嘉琦放開原本也緊握欄杆的一隻手，打開置物箱取出DV。

一陣大浪乘風襲來，撞上史前巨獸獠牙般的整排礁岩，炸出一座蒼白的浪山，眼看著就要在梨文和嘉琦的頭上崩塌。

梨文立即往下蹲。嘉琦側閃，但一手還抓著DV，重心不穩地向有車駛近的公路上滑移。

梨文放開緊抓欄杆的一隻手，伸向嘉琦，卻看到攤開來的指掌間染滿血漬，驚駭之餘將手一把收回。

嘉琦一臉無法置信，伸出去準備回握的手僵在空中。

一年半後

細長的管狀水晶連綴成無數長流蘇，繞著燈球一圈圈地迴旋開展，從台東市某飯店會議廳高聳的天花板中央灑落滿地銀光。

在入口內側的報到處簽收會議資料後，梨文走向廳內。

廳前的牆上有面寬大的投影銀幕，深藍色的畫面頂端，幾顆星星匯聚成一道彎刀狀的銀弧，這是會議主辦單位美商全星的標誌。這家跨國資訊科技公司擁有全球排名前五的個人電腦品牌，近年致力於開發各式軟體服務。今天所舉辦的春季論壇主題是「資訊與社會發展」，本質上是一場向台灣產官學界宣揚他們這幾年在花東資訊推廣成果的公關活動。

當初全星的公關副理同時也是梨文大學學弟的彭昱成向《潮聲》雜誌邀訪時，總編勉為其難地指派了娟穎，自從嘉琦轉任記者不到半年就辭職後，社裡最資淺的就是她了。

會議廳裡，刻意控制音量與腔調的寒暄、肢體移動時的衣料摩擦聲，甚至是從裹著色澤晦暗、款式呆板的正式服裝的軀體所逸出的溫度與氣味，都像即將煮沸的開水般逐漸蒸騰。

來賓像是一小股一小股的潮水般湧進會議廳。海軍藍掛繩從他們的脖頸垂下，末端扣著的識別證在他們的肚皮上晃盪。碎浪般的白色反光在透明膠套上浮動，任何想讀出來賓身分的人盯著它們都一陣眼花。也許識別證的目的不在於揭示身分，而在於掩蓋。

「你怎麼也來了？」

四十多歲的瘦高男子是花蓮文化局文創科科長王本傑。疏淡的雙眉下，茶色眼珠閃爍著帶惡意的光芒。

「總編派我來看看。」

「還在《潮聲》？看來官司沒影響。」

梨文繼續往前走。

「上次局裡開漂流木藝術季籌備會時，有人說可以再請你們來規畫執行，但我怕你們碰到我們家高縣長會尷尬。」

「您多慮了。」梨文丟下這句就朝反方向走。

半年前《潮聲》雜誌大篇幅報導花蓮縣府在千樟嶺文化生態觀光園區這項大型開發

案中，如何透過廢環評、開放BOT、變更地目等手段賤賣國土、破壞生態、圖利財團。當時正尋求連任的縣長高俊義認為被《潮聲》影射為財團打手，於是帶著大批人馬浩浩蕩蕩到地檢署按鈴控告《潮聲》的社長、總編輯及撰稿記者加重誹謗。

兩週後，政論雜誌《新聞眼》的一篇不具名報導指出，千樟嶺誹謗案的周姓撰稿記者與高俊義競選對手黃慎之私交甚篤，今年周的胞妹考上國中教甄、分發到北市某明星學校，據聞是先前於該區擔任立委的黃強力關說所致。周在《潮聲》報導中對高的攻擊，可合理推論為對黃的投桃報李……

那天某有線電視台談話節目在討論前對這個事件先作了背景介紹。畫面上首先是高陣營發言人手持當期《新聞眼》供媒體拍照，接著是雜誌內頁插圖特寫：灰藍色背景前，兩個臉上沒五官的黑色身影分別站在左右兩邊；右邊男性的微凸小腹上，斗大的螢光橘字樣寫著「黃姓候選人」，左邊女性的豐滿胸部上則是「周姓雜誌記者」。

主持人面色凝重地看著畫面，抿唇的動作做得太用力，下顎前突，側臉看起來像是馬頭魚。

以前梨文一直覺得八卦雜誌示意圖裡的那些無臉剪影，是只可能出現在《蝙蝠俠》高譚市裡的壞蛋：神祕、詭異、說不出來的喜感。沒想到自己有一天也成了無臉人，有種不真實的、魔幻的感覺：到底是自己的身分被奪走、轉移到電視螢幕中，還是螢幕中的那個自己被剝奪了五官？

她摸摸自己剛好穿著黑色T恤、明顯比圖上平坦很多的胸部（就她記憶所及，黃慎之的肚子應該也沒那麼凸），懷疑是否會有螢光橘的文字隨著心跳的節奏蹦出來——在夜裡走路，讓別人看不到你但看到字或是先看到字才看到你的那種螢光橘，犯罪者的印記。

那期《新聞眼》出刊的下午，小梨文八歲的妹妹康芸來電。

——你是憑實力考上的，這點我很清楚。而我不可能去關說，這點你也比誰都清楚。梨文其實聽不太清楚自己說的話。她的耳朵剛才被康芸帶哭腔的破音震得嗡嗡響。

——那你跟黃慎之怎麼回事？

——就兩年前在東部發展會議上對談過一次吧。跟他老婆古月霞倒是多年前在唱片公司企劃部的同事。

——搞非主流音樂的那家？

——是民族音樂。

——都一樣。

總之，離職後梨文和古月霞仍保持聯絡，大概是一年寄幾封電子郵件和一張賀年卡這種程度。月霞曾寄給她一盒彌月蛋糕。帶金色波紋的大紅紙盒裡是一個六吋的摩卡布丁蛋糕，有厚厚的鮮奶油夾層，表面是帶點酒紅的焦褐色，光滑如鏡，梨文從上面照見了自己的臉龐，但到處都沒找到彌月小主角的容貌。貼在蛋糕盒上的小卡只寫了「謝謝大家的祝福，小米米滿月嘍！黃慎之與古月霞敬上」。

蛋糕是康芸簽收的。那時候的康芸還是個提著兩皮箱教具到處應試的流浪教師，落榜失意時偶爾來姊姊的花蓮住處窩一陣子

結果她們誰也沒吃那個蛋糕。康芸不愛布丁，梨文不想吃任何會把她的臉映照出來的東西：食物裡含有自己眼耳鼻口的記憶，一想就覺得不怎麼美味。後來，蛋糕好像是拿去雜誌社了。

——你放心，這次換我告《新聞眼》誹謗。

——那又怎樣？人一旦被抹黑，就白不回來了。

雖然姊妹倆常意見不合，但以前康芸不是這麼悲觀的人，幾年間甄試屢屢落榜可能

對她造成了很大的影響。

——怎麼會？是非黑白總有水落石出的一天。

——你們住花東那種世外桃源，才會這麼天真。

該反駁哪一點？花東不是世外桃源，還是他們沒那麼天真？康芸對花東的偏見，部分源自姊姊到花蓮工作後就很少回土生土長的台北。梨文曾問她要不要來東部任教，她說只有你們那種抱著烏托邦幻想的人才會從台北跑去後山。梨文說就算是烏托邦夢想也有實現的可能。康芸說，如果會實現那就不叫烏托邦了，還有，別把你的夢想加在我身上！

——那怎麼辦才好？

——沒辦法。除非時間倒流，你不寫那些惹麻煩的報導。

——不可能，我還是會寫。

——寫那些有用嗎？高俊義還不是一樣會連任！

——又不是為了要讓他落選才報導。

——反正你就是自以為正義、不管別人死活對吧？

——……

——我告訴你，對這個世界，你其實什麼都不知道！

「學姊是你？不是說派別的記者來？」向《潮聲》邀訪的公關副理彭昱成邊走入會場邊核對手上名單。「梁娟穎？」

「她身體不適。」梨文說。

「太好了——我是說很遺憾她不能來。那就麻煩你在報導裡為我們全星多美言幾句囉！」

「這個……」

總編要她代替娟穎去台東時，她推說單眼相機送修還沒拿回來。總編回她：文字即可，三百字以內。她正想說這樣有需要跑一趟嗎、等對方的公關稿就好了，總編立刻變魔術似地從身後拿出一台數位小砲，跟她說去就是了，到現場自己看著辦。

現在的昱成不是能閒聊的模樣。在這初春時節，他的白襯衫外不是平常的西裝外套，而是散發著無機質光澤的深藍色背心，但或許因為忙碌或焦躁，他反而滿頭大汗，從髮際不斷滲出的汗水為他的臉蒙上一層油亮的薄膜。他在口袋中摸索著面紙，暫時將手中那份來賓名單遞給梨文。這份因反覆攤開與摺起而綿軟起皺的名單上，有三十多名與會者的照片、頭銜與行程安排。有些人昨天已先住進飯店，有些人今天中午就離開，有些人攜家帶眷，有些人的眷屬上午參觀博物館，有些人的眷屬下午泡溫泉……。與會者主要是具主管身分的大學教授、產業代表、地方官員及媒體。

「花蓮大學教育學院的尤院長，歡迎您，這邊請！」昱成抽走名單，迎向一位戴珍珠項鍊的五十多歲香菇髮型女性。他的背心正中央寫著「全星社會志工」，肩胛骨處是全星的銀星彎刀標誌，裡面的每顆星星都簇新閃亮，只有某顆的一角有點翹起。

大多數來賓已陸續就座，梨文在右後方找到一張視野開敞、還剩兩個座位的長桌，正準備入座，卻瞥見王科長往這裡靠過來。她將手中的資料袋往旁邊的桌面上一甩，像是要擊斃什麼看不見的小蟲子。「這裡有人。」

力道沒拿捏好，資料袋拍擊桌面的聲音清脆得像是一記耳光。王科長愣住，周遭一些人為之側目。梨文不好意思就這麼坐下，和王科長兩個人僵在那裡。和這裡隔了兩桌的昱成正要走過來，一個柔和的嗓音在梨文斜後方響起：「王科長，這邊請。」

梨文轉頭。解圍天使是個馬尾女性，白棉衫外的紫背心是昱成那件的女款。她肩胛骨處彎刀裡的銀星斑駁褪色，有幾顆黯淡得彷彿是瘖啞的，不像昱成的，閃亮亮的像是會說話。

水晶吊燈熄滅，幾盞魚眼燈和壁燈還亮著，會議即將開始。

長木桌兩兩對拼，每邊可坐兩人，桌布的顏色是賭場那種苔綠。鐘形高腳杯裡盛著的礦泉水晶瑩透亮，三分之二滿。來賓挪動身體時衣服和椅套相互摩擦，發出小蟲子一點一滴地啃咬著什麼的細碎聲。象牙白玫瑰緹花的米金色緞質椅套散發著濃濃的婚禮氣息，但這裡並不是擺設著一張張賭桌的不供酒婚宴。

一張張長桌像是艦隊集結般以四十五度角向前方匯聚。桌與桌之間的甬道狹長、幽暗，其光亮的出口是全星集團總裁的半身像占據了左邊三分之二的一方銀幕。

美籍的約翰．舒爾茲一頭微捲灰髮，凹陷而明亮的藍眸將悲天憫人的目光投向未開化的遠方、一片混沌的未來。他的雙手交疊於胸前，隱約透光的指尖因為極力壓抑某種掠奪性衝動而輕顫，但這也可能只是空調輕輕吹動了銀幕所導致。

他是新世界的神，高踞銀幕，為這個他從未親訪但已帶來一筆可觀利潤的小島指出通往未來的道路。他那些陳腔濫調的福音，在投影片中化為花俏的圖案、鮮麗的色彩和簡潔的口號，在全星台灣區總經理魏朝陽熟極而流的講述下，像是往昔收音機播送的政令宣導般，在大廳裡悠悠地傳送開來。

全星在台灣多年來的努力是一塊看來營養均衡的四等分派餅，頂端的鮭魚紅是縮短數位落差，底部的芥菜綠是扶植產業，右邊的藍莓色是培育人才，左邊的玉米黃是創造應用，中間那個透明的蜜色圓核則是全星自己。

至於全星賦予資訊科技的當下任務，是莓紅的教育、淺青的創新、金黃的工作機會所構成的一個救生圈似的大環，鬆鬆地套住中間蒼白、龐大、即將或已經成為浮屍的「社會經濟發展」。

這些圖大概是出自那兩個模樣俐落的實習生。他們坐在前方靠牆的一張小方桌後，負責打字記錄的 Amy 有著只比梨文稍微深一點的小麥膚色，染成暗金色的長直髮綁成了公主頭。操作錄影器材的 Ian 膚色偏白，抹了膠的深褐短髮在額頂形成巧妙的層次，銳利的眉形似乎是剃的。兩人都穿著全套西服，反而是那些總經理、部長、副理之類的主管們，很多都穿著男藍女紫的志工背心。

梨文報到時為了等 Amy 幫她重印識別證，和 Ian 小聊了一會兒。他們倆都是「明日之星」的一員，這是全星在各大學舉辦的校園人才培訓。他們通過甄選後到全星受訓，最近開始執行個案、參與活動。梨文向 Ian 請教他的中文名字，他很客氣地說，叫「伊恩」就可以。

「哈囉。」在梨文旁邊空位坐下的小個子大眼睛女性是東部數位發展基金會的執行長鄭葳伶。「還好嗎？」不管是官司還是康芸的事，她都很清楚。

梨文輕輕點頭，隨著大家鼓起掌來。在掌聲中上台的是全星國際發展部部長藍杰生（Jason Randall），高個子黑西裝的白種男性，暗金色的頭髮兩側稀疏但頂端蓬起，像是蹲了隻毛茸茸的小雞。他從魏總手裡接過麥克風，開始講述資訊科技所將帶來的教育革命。演講全英文、投影片也全英文，會場內沒有任何形式的翻譯，也沒有任何一位與會者洩漏出一絲有此需要的痕跡。

「Education is a powerful and positive force for growth and development in society. At InfoAllstar, we believe technology can help drive forward the educational goals and aspirations of nations, regions and individuals....（教育是社會中成長與發展的一股強烈而正面的力量。在全星，我們相信科技有助推動國家、地區與個體的教育目標與理想……）」

如果約翰·舒爾茲是新世界的神，那麼藍杰生就是他的傳教士。演講剛開始就八股到令人懷疑，是不是內容陳腐到一個程度就可以自動跨越語言障礙？教條是不是僅憑音韻與節奏就可以傳播出去？

銀幕上每出現一張新的投影片，前面那桌右側最後一人就第一時間舉起像塊黑色餅乾的輕巧數位相機拍攝。

張宗聖是本地唯一一所國立大學亦即嘉琦母校的公共政策學院院長，曾為《潮聲》「東台灣數位新未來」那期寫過一篇名為〈原鄉生機VS.數位霸權〉的文章，指出新科技的華麗演出之下東部偏遠地區可能付出的巨大代價，亦即高昂的軟硬體升級成本所導致的嚴重數位落差。不知道今天他這麼勤於記錄是不是要準備發動下一波攻擊。他腳邊擱了一只藍底白字的 Wilson 網球袋。這家飯店的一個特色是擁有「四座設施完善、具夜間照明的人工草皮全天候網球場」。

藍杰生的全英語演講持續著：全星鼓吹數位學習，主張在校學生與一般民眾都應該利用資訊科技自學，未來老師的工作不再是教導，而是從旁引導並給予支持及鼓勵，甚至退居幕後。人們將迎來一個科技中介、校園解放、學習自主的時代……

對於全星為他們規畫的新角色，周遭的「老師」們沒有任何反應，不知是否已準備好拿起兩顆彩球，扮演新時代的啦啦隊。

鄭葳伶嗤之以鼻。

梨文側目。

「圖。」

投影片上的配圖裡，一個眉長如畫、看似拉丁裔的女學生坐在電腦前看著手上的報表燦笑，站在她斜後方是西裝筆挺的白人男教授，嘴角帶著一抹寵溺的淺笑。

「好噁。」鄭葳伶的聲音大了些，這次斜眼的不只是梨文，彷彿這聲異議比教師退居幕後的提案更值得注意。

隔壁桌最前面有位卡其襯衫寬鬆起皺的男子，起身往後走時剛好在她們旁邊聽到鄭葳伶抱怨，但他目光平和，沒有其他人的疑問或不以為然，嘴角似乎還牽動了一下。

「沒想到會在這裡看到他。」鄭葳伶說。

「誰？」

「涂宏弼，金蕉樂園的創辦人。」

以打造本土數位家園為目標的金蕉樂園曾是台灣網路發展初期的三大社群網站之一，但在商業網站如雨後春筍興起之際卻因堅持初衷而錯失轉型機會，並在跨國勢力大舉壓境時出現資金、技術、人員等多項問題，最後為全星所併購。

「不是許良正？」

「他們一夥兒三個人共同創辦的。許良正負責內容，涂宏弼管技術，另外還有一個誰搞資金。涂宏弼是我大學時山地服務社的學長。我們協會架設東部人文社群網站時，他和金蕉樂園的團隊幫了很大的忙……」

掌聲於廳內各處紛紛響起，燈光瞬間大亮，藍杰生的佈道告一段落。

下場演講開始前，在飯店西側長廊有十五分鐘的茶敘。長廊中央有個凹進去的小空間，牆上貼著珍珠光澤的米白背板，板上密密麻麻地重複排列著全星集團各部門標誌：深藍色的全星軟體、鉻灰色的銀星電腦、金黃色的明日之星……正中央最大的是銀藍色的星空寬頻。

背板前，涂宏弼站在放了筆電的鉻鋼高腳圓桌後進行工商服務。卡其上衣灰長褲的小個子在閃亮的背板前很不起眼。遠看的話，還以為背板怎麼被糊掉了一大塊。他的腦袋上有方液晶螢幕展示著星空寬頻的各種服務，配上他那沉垂的厚厚雙眼皮以及寫著倦怠的表情，莫名有種不知道什麼時候會掉下來的斷頭台意味。

與會來賓從對面牆前的長桌上取用餐點飲料後，三三兩兩地聊著天，有一些來到小空間前，聽涂宏弼以淡然語調盛讚全星的商務伺服器，其中有幾個把這場工商服務當背景板及環境音，繼續聊天。

「目前我們正致力於將全星的伺服器導入星空寬頻……」

聽得最專心的大概是站得比較遠的鄭葳伶。或許專心二字並不適合用來形容她的表情。她那對本來就大的眼睛瞪得圓圓的，像是飯店禮品部櫥窗裡那只三十公分高貓頭鷹布偶臉上鑲了金圈的兩球蓬蓬黑毛絨。

「星空寬頻？」梨文拿著一杯飲料過來。

「金蕉樂園被全星併購後就改成了這個名字，搞電子商務和隨選視訊。涂宏弼留下來擔任研發長──」

「……作為電子商務系統的核心，全星的伺服器性能良好，功能完備，符合本土營運需求……」

鄭葳伶輕哼一聲，轉身至對面牆前的長桌邊躬身取餐。彎腰的弧度大了些，屁股翹得像是用來張望後方的另一張臉孔。桌上那些三明治和蛋糕餅乾，應該不需要這麼近距離檢視才有辦法挑選。

梨文留下來繼續聽。

「星空寬頻所經營的購物網站上，除了三C與生活精品外，正嘗試推廣富有本土特色的地方工藝與原住民創作……」

螢幕畫面是繽紛璀璨的琉璃珠飾品，左下角寫著「如意工作室」。

茶敘尾聲，來賓陸續回到會議廳內。涂宏弼獨自在筆電上進行一些後續處理，梨文上前。

「研發長您好，我是周梨文，《潮聲》雜誌記者。我們雜誌關注東部人文與自然環境發展——」

「我知道。以前在鄭葳伶他們那裡架網站時，看過你們幾篇報導，像是許良正談花東社區地景保存那篇。」

「那篇很精采，可惜他最近都忙社運去了。」

涂宏弼搖頭。「上個月他去勞委會抗議血汗企業，搞得鼻青臉腫，差點又被捕。」

「我參加過他帶頭的環保抗爭——他被捕的那次。」

涂宏弼那張一直平靜無波的臉突然皺成一團，笑意透過以鼻梁為中心輻射出去的線條發散：額頭三字紋、眼角魚尾紋、眼下水波紋、兩頰蝴蝶紋、鼻翼旁法令紋、嘴角渦紋……

「我也有去，那次真是慘烈，大家都不要命似的拚命向前衝，差點以為沒辦法活著回去了……」涂宏弼瞇眼緬懷片刻後收斂笑容。「許良正應該也習慣了吧。早期為金蕉樂園建置台灣文史資料時訪問獨派分子，還因為涉嫌叛亂被羈押了一段時間，簡直是他老爸的翻版……」

涂宏弼突然望向會議廳入口，梨文跟著看過去。鄭葳伶站在那裡，下巴朝廳內一努。

「你先進去吧，會議已經開始了。」

這場演講的主講者是一位留著清湯掛麵頭的女性，全星的社會發展部部長曹宣荷，主題是「全星的社會承諾：從數位落差到包容與機會」。

進行一段時間後，有位穿紫背心的馬尾女子來到曹宣荷左前方兩公尺處的工作檯後，背對著聽眾席在電腦上調整影片播放的參數。梨文注意到她肩胛骨處褪色的星星。這看起來像是稍早那位解圍天使。

演講的方向從全星在台灣採取了哪些手段促進數位包容，轉向負有社會責任的跨國資訊業在將台灣推上世界舞台的道路上將如何分工合作。講到這裡，曹宣荷突然一臉為難地沉默下來，思考片刻後，彷彿終於下定決心地抬起頭來。

「接下來的影片是全星對台灣全球角色的想像。開頭的圖表是全星擅自為業者們劃定的社會責任區，這其實是我們公司的內部機密，為了讓各位了解全星在台灣的自我定位以及和其他業者的相對位置，還是把它放上來了，請各位幫忙，千萬不要外傳。」

這顯然是刻意設計的吊胃口，但曹宣荷語聲一落，張宗聖馬上舉起相機。動作大到讓他的土黃色獵裝在肩頸處形成一個形如女用手提包似的凹陷，而後面梨文這桌全得往右傾，才能把銀幕看全。

曹宣荷不可能沒注意到這裡的動靜，但還是不動聲色地指示紫背心馬尾女子播放影片。

那張傳說中的機密圖表以教育、文化、社會、經濟、環境為縱軸，企業聯盟、員工參與、品牌投入、全球整合為橫軸。在這個由全星劃定經緯、名為台灣的長方形烤盤上，以紅字標示的各企業像是加了水果泥的麵糊般，被澆淋在全星所指定的位置上：網路龍頭是卵形萊姆綠，電信霸主是球狀鳳梨黃，電腦雙雄是扁圓的粉橘，晶片大廠是長橢圓的蘋果綠，全星自己則是一枚青褐色橄欖。

張宗聖迫不及待地檢視相機中的戰果，梨文視野中，遂有一大一小兩幅一模一樣的企業責任圖。小的那幅在左上角翻捲、起泡的保護貼下散發著鬼火般的熒彩。

張宗聖試圖將左上角用力壓平，大銀幕上的企業責任圖卻相反地從四邊迅速地往中央收攏。

圖縮小後，無法再容納那些過度飽和的企業色彩，就把它們像婚禮的拉炮彩帶般全部噴出去。

在大氣漩渦般的一番擾動後，企業色彩聚攏成球。在星光微閃的夜幕背景上，像是某些科幻或災難片開場時，從人造衛星、太空船、飛碟或是其他身分不名的宇宙之眼所俯視的地球，只不過藍白基調換成粉彩的。

失色的企業責任圖剛開始像張揉皺的衛生紙，接著逐漸拉長，變形。像根羽毛，但又短些；像柄長葉，但又瘦些；像彎弦月，但又直些。最後所浮現的，是台灣島的輪廓。

一抹抹淡彩疊擦在新生的潔白島嶼上，從鴨蛋青、嫩綠、芹綠、草綠、直到翠綠，顏色越來越濃，越來越厚，最後從中間縱向枝裂。

血般的鮮紅從裂隙滲流，隨即凝固，變成帶點焦褐的暗紅，彷彿被烤過。紅色山脈像隻多足之蟲般匍匐在那片翠綠中。

馱著紅蟲的綠葉新島在只有微弱星光的漆黑宇宙中飄盪，一靠近彩色地球，就像幼兒重返母親懷抱般安適地貼上去。

綴著綠葉小島的地球開始快速旋轉，色調也開始偏黃、變亮——從翠綠、橄欖綠、萊姆青、橙黃而至燦爛的金黃，體積也越來越大。膨脹到極致時，突然急遽收縮，被彈進不知何時出現在夜空中的一方藍屏。

藍屏四周大放光明，不是自然光，是現代辦公室那種均勻而死板的白光。安置藍屏亦即電腦螢幕的辦公桌隨之浮現，桌前坐著一個穿套裝、留清湯掛麵頭的女子。在她的專注凝視下，螢幕中伸出一隻手，托著已恢復慣見藍綠色調的地球伸向她。女子戰戰兢兢地接下地球後轉成正面，立即在會場中引發一陣輕笑：女子是年輕版的曹宣荷。

笑聲剛平息，一個十五公分直徑的銀紫偏光玻璃球出現在現場的曹宣荷前，引發新的一陣騷動。

捧來玻璃球的紫背心馬尾女性調整球的角度，展示出提把和壺嘴後，在講桌上的玻璃杯裡注入清水。

曹宣荷喝完水，等笑聲漸止後再重拾麥克風。

「短片是多年前我在全星的亞特蘭大總部製作的，當時沒公開，絕不是因為內容不科學……」

馬尾女性在曹宣荷的杯中再次注滿清水。梨文先是被那昏暗光線下看似在空中獨力行進的玻璃球吸引，接著注意到女子那茶道般節奏有致又沉靜的動作。下一秒，球狀玻璃壺的反光照亮了女子右半邊臉。

「……這次為了呈現全星對台灣的全球想像，將影片重新編輯，說明資訊傳播在全球的重要性，而台灣是此一體系不可或缺的一員……」

不可能吧？

不會吧？

曹宣荷說的每個字梨文都清楚地聽進去了，同時，馬尾女子的右臉照亮了某段塵封的記憶。這種感覺像是有輛列車以穩定的速度前進，到了某個路段，軌道突然一分為二、從左右兩邊分岔出去，但列車還是繼續前行，只是不知道行駛在什麼東西上面。

梨文舉起之前一直無用武之地的數位小砲。鏡頭拉長，馬尾女子的面容便如一張遠方捎來的明信片，隨風飄落至掌鏡者眼底，右顴骨上鮮明地呈現著形如破碎島嶼的胎記。

梨文無意識地按下快門，閃光燈照亮了為播放影片而將燈光調得比先前更暗的會場，在她與馬尾女子間瀰漫的黑暗中炸出一條白色甬道。附近好幾個人側目，張宗聖的斜睨明顯帶著不以為然。

鄭葳伶投以探詢的目光。

「我認識她。」

袁靜語，她的國中同學。在學校既不同班也沒來往，國二時於補習班的兩次段考間比鄰而坐。

那間補習班依每次段考成績調整分班。在學校剛從美術班轉進普通班的梨文，上課時花在塗鴉的時間往往比抄筆記還多。第一次段考後莫名其妙被分到前段班，她一直覺得是成績算錯了。

那班的幾十個人都是北市某文教區各國中的精英分子，人人都以前三——不，第一志願為目標，教室裡有種幾乎可以聞得出來的肅殺。第二次段考後分到下一段班，梨文反而鬆了口氣。

前段班的長方形教室在右後方樓梯口前多出了一小角，放置了兩排座位，前面是三人座，後面是兩人座。梨文和靜語坐後排，梨文靠右貼牆，靜語靠左鄰走道。

梨文會一直記得靜語，主要是因為煙燻杏仁。靜語好幾次帶著長圓柱型的一大罐煙燻杏仁來上課，在課堂上和梨文你一顆、我一顆地偷吃個不停。

之前梨文沒接觸過這種進口零食。第一次看到時，覺得形狀像指甲，前端尖尖的好像可以在教室前方如霧漫開的空虛上劃出一道長長的裂隙。深褐色的外皮上，細緻的縱紋親親密密地相依偎，不像筆記本上的橫紋間有著過於開敞的空白，叫囂著要被有用但未必有意義地填滿。

在緊閉的嘴裡把又硬又脆的杏仁咬裂、磨碎，像骨頭相互撞擊的喀嚓喀嚓聲充斥在整個腦殼裡，可以抵擋老師拿著麥克風連珠炮講授時那種像是小發財車沿街叫賣土窯雞的轟鳴。炭烤的滋味在嘴裡綻放，一小盆墨黑中透著晶紅的炭火所冒出的煙，在口鼻間裊裊升起。表層焦苦、底部帶有一絲酸嗆，整體來說是種厚實的甘味，容易上癮。

頭一次梨文一連吃了好幾個才回神住手，靜語帶著笑意的聲音隨即在耳邊響起：「真的很好吃對不對？」

可能是困窘，可能是嘴裡的杏仁還沒嚼完，梨文只能含糊地應聲「嗯」，接著正襟危坐，彷彿課程突然變有趣了。靜語把放在桌上的罐子朝梨文那邊推，輕撞一下她的手肘，對她點點頭。片刻後，兩個女孩又開始你一顆我一顆地吃了起來。

台前，幾張文件從曹宣荷的肘邊飄落，靜語放下玻璃壺，將文件一張張拾起。

「雖然影片主旨是台灣為全球體系不可或缺的一員，但片尾的小轉折有著不同的寓意。我特別想知道在座的女性對那個段落有何解讀？」曹宣荷說。

坐在最前面那桌的珍珠項鍊香菇頭教授尤欣立即回應：「片尾像是對未來的一種預告。掌握資訊科技的女性，將是地球的新主人。」她答得自信十足，而從曹宣荷的頻頻點頭看來，這大概就是標準答案。尤欣進一步表示對這個結尾非常欣賞後，曹宣荷更是笑逐顏開。

靜語默默地拾起所有文件，加以整理。

曹宣荷還在對尤欣微笑致謝，鄭葳伶已高舉右手。「我認為電腦把地球交給女子後，應該是要請她指出花東地區在哪，問她怎麼在資訊地圖上沒看到這個地方？」

會場一陣輕微騷動，有笑聲，有竊竊私語。曹宣荷面色微沉。

靜語將文件放回原位，再度捧起玻璃壺，舉步欲離。

「我覺得電腦交出去的那個，」梨文邊說邊將眼角餘光投向靜語。「是被科技和各種力量過度利用的地球。交給女性，是為了滋養與療癒——」

張宗聖向後微偏頭。「那是個上班族女性。」

曹宣荷開口想說話。

「那又怎樣？」鄭葳伶說。

曹宣荷的神色中多了一絲焦躁。

靜語以平穩的步伐離開，對剛才各項發言恍若未聞。

「我想這是要鼓勵大家走出戶外、接近自然吧！」坐在左側角落的王科長說。

曹宣荷喝了一大口水，結果被嗆到。她一退開，昱成就從講桌附近的陰影走上前，說回歸自然的訴求很不錯，上午的會議把大家關在不見天日的會場裡，可惜了外面的好山好水好天氣。下午的個案分享將帶大家走訪日昇鄉排灣族虹源部落，看看科技、人文與自然如何良性互動。

曹宣荷回到麥克風前，說全星今年選擇在台東舉辦春季論壇，還有虹源部落的案例，都顯示了全星協助花東未來在資訊地圖上取得一席之地的決心。

她切換投影片，台灣地圖上被標示了十五顆星星，散落在屏東、南投、台南、台中、桃園、新竹、台東等地。屏東和南投最多，花東地區這裡只有一顆。

「虹源是個三面環山、一面臨海的東排灣部落，三年前成為全星『星光部落』計畫的第十三個成員，近年遭遇到人口老化外移、產業發展停滯、族群意識薄弱、傳統文化難以延續等問題，全星的星光部落計畫遂以平和國小為根據地，提供資訊設備與服務，協助部落走出困境……」

新的一張投影片裡，開滿紅花的洛神花田背景上，「虹源部落」大標題下的三行是：

問題：人口外移、文化凋零、產業不興

策略：教育、資訊、文創

產業：漂流木、琉璃珠、食品加工

這看起來像是一張診斷書，記載了患者姓名、主訴症狀、處方、用藥部位等，病名或病因不詳，下午大家就要去看治療結果。

2

用過簡便的午餐後，主辦單位引導與會者及上午去參觀博物館的眷屬們至飯店門口搭乘巴士。車道邊停放著兩輛廂型車與兩輛大巴士。梨文走向第一輛巴士，這輛很多人等著上。

等待時，梨文看到靜語登上第一輛廂型車的副駕駛座。她想去打個招呼，昱成卻過來提醒她，她等著要上的這輛巴士是送先走的人去機場和火車站的，往虹源部落的是後面那輛。這麼看來，要去部落參訪的與會者還不到一半。

白色廂型車率先駛離，梨文走向後面那輛巴士。

巴士搭載著約二十幾人的全星參訪團隊，從海濱駛入山林後，穿過一個寫著「森王部落」的木造瞭望台。

下個路口的本側車道正中央，有個小男孩騎著單車環繞著一個看不見的核心轉圈，一圈又一圈。

「森王部落好像不在你們的計畫裡？」梨文問前座的曹宣荷。《潮聲》的一位記者池如淵曾經採訪過這個部落，他們的困境和虹源類似，某些面向可能更為嚴重。

「我們跟森王部落接觸過，但那裡的地方勢力擺不平——社區發展協會和鄉公所對立。這種情況下，我們是不會介入的。」曹宣荷的回答簡短，口氣冷淡，但在此之前，她花了快半個鐘頭向後座的梨文與鄭葳伶說明為了星光部落這個計畫，她如何向全星總部以及政府單位爭取預算、如何將全星員工與外來志工組織為推廣團隊、如何開發移動性的數位資源以提供有彈性的教學與服務。

小男孩持續轉圈，巴士接近時也不閃避。司機默默地將車切到對向車道。巴士從男孩身邊經過時，他未曾抬頭。

巴士駛過一處山嶺，進入開闊的谷地不久後停車，距離目的地平和國小還有數百公尺距離，但接下來的路段大巴開不進去，必須步行。

林木夾道的小徑坡度很陡，全星參訪隊伍散漫地迤邐了一百多公尺。梨文在隊伍中段前後張望，未見靜語。她越走越快，一會兒就來到隊伍之首，前面只有昱成和藍杰生。

一路往上，越走光線越暗，小徑越窄，花草越繁茂，樹林越蓊鬱，而空氣也益發清甜。下方某處傳來幾道時而重疊、時而分流的泠泠水聲，最清脆的一道似乎就在腳下。腳步踩得更重些，彷彿腳底就可以沁涼涼地觸及潛流溪澗。

道路左側，樹木不規則地矗立於起伏不定的草坡上。坡上並非整片綠草如茵，而是有不少凹陷、微禿、草短而枯或是布滿砂礫之處。午後陽光透過葉隙在坡上灑落了斑斑金黃。遠望下，草坡像件隨意縫綴的百衲被。

一陣微風拂過林間，光線不停地明暗交錯。十幾隻蝴蝶在花草間穿梭，撲拍翅膀，把閃爍不定的無數光斑切得更碎、更亂。

鳳蝶的黑翼上有著像是牛奶淋上去的乳白色斑點；白粉蝶的翅膀薄透得彷彿可以被一陣微風撕裂，點點黑漬像是什麼人甩動著飽蘸黑墨的毛筆所噴濺上去的；黃粉蝶前後兩翼交疊處有道箭矢穿越般的秋香色暗影；琉璃蛺蝶的移動輕盈而飄忽，後翅上驚鴻一瞥的一抹亮藍，是大雨將至前從烏雲密布的泥濁天空中迸裂的一道銀青閃電。

往前走，幾棵黑板樹、榕樹、筆筒樹等下方都種著綠噴泉般的山蘇，高處則附生著一株株蝴蝶蘭或石斛蘭。

蝴蝶蘭有的是整朵桃紅，有的邊緣點點粉白，讓那桃紅像是褪了色或失了血；有一兩株是玉石般的冷白，唯有唇瓣一抹淺青；另外一株的柔黃花瓣上有著分明的紫紅色網紋，像是浮凸的血管。

石斛蘭一串串垂落如瀑，花形像是綁了蝴蝶結的小喇叭，喇叭口還有著彷彿會隨著從裡面流瀉的音樂而輕顫的短鬚；有的是淺粉紅緞帶配米白色小喇叭，有的則是丁香紫配醬紫。

「Amazon!（亞馬遜！）」好一陣子都沒人說話，直到藍杰生這聲驚歎。

「It's foreign to me, too.（這裡對我而言也像異國。）」昱成說。

梨文斜眼想對昱成說些什麼，但一隻樹蔭蝶突然從她前面快速掠過，把她嚇了一跳。亞麻色的翅膀像是長裙女子跨越灌木叢時被扯下來的一小塊布，鑲著金邊的深褐色蛇目像在瞪人。

林間小徑開展為一處寬闊的扇形地，右側開口導向一條比小徑稍寬但砂石滿布的車用道路。扇形地西北角停放著一輛白色廂型車，一道與車窗等高的帶狀夜藍環繞車身，下方有「台灣全星行動電腦教室」字樣，左側車門上漆著全星的銀星彎刀標誌。

廂型車後方，靜語正在指揮幾位藍背心工作人員從車上搬下一個個寫著「電腦器材小心輕放」的金屬箱。伊恩也上前幫忙——他已經脫掉西裝外套，捲起白襯衫的長袖。

梨文慢吞吞地走過去，不知為何有點緊張。到了靜語面前，她張開嘴卻不知道要說什麼。

靜語看著她微微一笑，說：「平和國小大門就在那邊。可以從左邊那條小路過去。」

那是投給陌生人的眼光。

梨文順著靜語的指示看過去。那裡有個三角開口，透出帶點淺金的午後天光。昱成和藍杰生已經先走過去了。

開口左方的灰色水泥柱上嵌著一塊白色貝殼和彩色小石頭鑲邊的長方形石板，描著細金邊的朱紅楷體寫著「台東縣日昇鄉平和國小」。

豎立在開口右側的是狀如刀鞘的赤褐色彩繪木柱，兩條紅色菱形紋的白色百步蛇將下半身朝相反方向盤捲成漩渦狀，上半身各自向左右上方昂揚，開展出一塊倒三角地帶，中央是個靛藍色的壺，頂端用紅色碎石拼出了「虹源」二字，下面則是一長串英文字母。

「quljivan...」梨文右移想看清楚些，才剛舉步就踢到什麼東西。

「quljivangeraw，意思是彩虹。」

「抱歉。這是什麼？希望沒踢壞。」

那是堆成塔狀的一大一小兩個紙箱。

「線纜和滑鼠，跟著我們巡迴不知道多少個社區了。」看到梨文還是神色微鬱，靜語微笑著往紙箱輕踢一腳。「放心，它們很耐。」說是踢，其實只是用鞋尖輕觸。

梨文的目光落在靜語的名牌上。上排靠左小字是「社發處專案經理」，下排置中的大字是「袁靜語」。

「靜語，可以叫你靜語嗎？你國中是不是念『道誠』？」梨文在衝動下開口。

「——是。」靜語聲音平板，笑容消失。

「我也念道誠，跟你上過同一個補習班——」

靜語的表情近乎凝結。

「對了我現在是——」梨文手忙腳亂地拉出塞在外套內的識別證。「東部人文刊物《潮聲》的記者，我姓周——周梨文。」

「我沒印象。」依然是那種毫無起伏的腔調。梨文剛才動作太急，幾乎把識別證送到了靜語鼻尖下，但她看都不看一眼。

梨文愣住了。

靜語將臉側開，右臉大半隱沒於旁邊巨傘般的樹冠投下來的陰影，像是有人揉了塊巴掌大的黑色黏土一把蓋在她臉上，密實、厚重、牢固。

梨文傻站著，腦袋還是心裡一下子掏空了。接著湧上來的情緒，煽情地說，是獨自承擔過往的寂寥，還有被記憶蒙蔽的背叛感。

「伊恩，線纜和滑鼠先搬上車，等一下轉送活動中心。Mike，再生電腦麻煩你放學校圖書室，田校長說他會幫忙聯繫受贈家庭。」靜語扯開嗓子。

細碎的腳步與笑語聲在四周響起，全星的參訪者們已陸續抵達，先後走向通往平和國小的開口。鄭葳伶經過時打手勢問梨文要不要一起過去，但梨文卻好像無法理解地看著她，她只好自己往前走。

梨文繼續看著靜語指示工作人員搬運器材。

靜語沒化妝。她的膚色在國中時期就偏白，現在更是蒼白得像是脫了層皮，表面看起來乾乾的、粉粉的。右頰上形如破碎島嶼的胎記顏色淺了些，從暗青灰轉為淺褐，輪廓似乎沒以前那麼鮮明，但島嶼的形狀好像更破碎了。

梨文看不見自己現在的樣子，但如果靜語認不出她的臉也不意外。她大學畢業後在台北考記者，曾接受在業界工作的學姊們的指點「整理」容貌：小麥色的肌膚要美白、臉頰上的痘疤痣斑雷射掉、尾若山峰的濃眉修細、鐽平、自然捲的蓬鬆米粉頭燙直……雖然不知道這些功夫和新聞工作的實質關連是什麼。

梨文默默旁觀一會兒後，靜語轉過頭來，帶著點微不可辨的煩躁。頓了一秒後，靜語皮笑肉不笑地問：「我以前有對你做過什麼不好的事嗎？」

這個問題是怎麼生出來的？她看起來像是來尋仇的嗎？靜語沒動手，梨文卻被賞了一巴掌。那些什麼寂寥啦背叛啊的感傷，瞬間都像西瓜上的蒼蠅，震飛了。

「……沒有。」

「那就好。」

靜語轉身彎腰，抓住唯一一個還留在地上的金屬箱之右側提把。

梨文一個箭步上前伸手。「我來幫忙。」

「不用。」靜語迅速抓住另外一邊提把，把看來頗重的箱子整個拎起。她用下巴朝校門的方向一努。「你快過去集合吧。」

沒有比這更清楚的逐客令了。

靜語走向另一頭。那邊林密如織，看不出明顯路徑。她筆直向前，身影因為提重物而扭曲。來到林前，繁葉之牆彷彿突然張開懷抱，將她及梨文的年少記憶一起吞噬。

「這邊！」

平和國小校門的一株大榕樹下，高低不等的幾截樹樁、形狀各異的大石頭、橫躺的幾段漂流木圍成了半圈座椅，鄭葳伶坐在一段漂流木樹幹左邊那頭向梨文招手。

兩位男士站在一旁討論語音辨識系統，黑框眼鏡藍背心的是全星技術中心主任陸明詮，銀絲斑駁的頭髮有點長、有點塌的是南部某科大資應所所長馮國智。

「這裡有人！」

梨文正想在鄭葳伶右邊坐下，一個有點尖銳的稚嫩嗓音對她喊道。

樹幹右端，一個約莫國小中年級的黑瘦小女生仰起尖尖的下巴直視梨文。

「家瑛！」馮國智喝斥女孩，接著轉向梨文。「沒關係，你坐。」

梨文看著樹幹中間大約兩人份的位置，猶豫。

「不行！那是媽媽和弟弟的座位！」小女孩幾乎是對梨文怒目而視。

看來今天可能是個到處都不受歡迎的日子。梨文突然對早上被她驅離的王科長感到抱歉。這是報應吧。

「你媽人呢？」馮國智問。

「帶弟弟去上廁所了。」家瑛對父親說話時，音調和剛才一樣高亢、尖銳。

「去找她回來。」

「我不知道廁所在哪。」

「我們剛才來的時候不是有經過嗎？」馮國智這麼一說，又繼續和陸主任討論提高智慧型行動裝置上語音辨識系統在嘈雜環境下聽寫正確率的方法，像是收集大量真實語音樣本以訓練計算機，還有透過雙麥克風、陣列麥克風或指向性麥克風之類的硬體過濾雜音。

榕樹周圍還算安靜。家瑛在父親腳邊打轉，似乎想跟他說什麼。陸主任不確定地看了一下小女孩，但她父親滔滔不絕地比較著語音辨識中深度學習模型與聲學模型的優劣，他也就跟著回到討論的軌道上。

「我正好要去廁所，你跟我一起走好嗎？」梨文對家瑛說。

家瑛低不可聞地哼了一聲，逕自邁步向前。

平和國小校舍側面，有棟外牆和廊柱貼滿鵝卵石的排灣風味小屋矗立在林間。彩繪的原木簷桁上，身穿傳統服飾的兒童手拉著手和一群小鹿起舞。簷下的外牆上緣匍匐著一條鵝卵石鑲成的巨大百步蛇，鏤空的蛇頭在牆上形成窗口，下方是洗手檯。蛇頭的外緣鑲著米粒般的小白石，內側則是碎瓦片鋪成的一片紅。

梨文把手伸到水龍頭下。水剛流出來時像是染上了蛇頭內側的血色，她嚇得手一縮，但這只是暗鬱林蔭所帶來的鐵灰色。

家瑛經過旁邊的男廁時看見入口的圖騰，表情複雜。鑲在紅磚牆上的浮雕板岩裡，直立的男子有著百步蛇般的S形雙臂，微開的兩腿間袒露著生殖器。

梨文關掉水龍頭退開後，家瑛把目光移向洗手檯上的蛇頭窗。裡面突然出現一張臉，她倒抽一口氣。

約小學中低年級的男孩從牆後跑出來洗手，身材微胖，神情開朗。

「幹麼嚇人啦，涂宗皓！」

「我只是在找水龍頭。」宗皓一臉無辜，邊說邊往前走，沒走幾步就被陽光下一道發亮的白色長虹攔住。「哇！」

那是一個五十開外男子拿著水管澆樹上蘭花時所噴濺的水柱。男子穿著灰褐色的粗針織毛衣外套，身材矮壯，有個不成比例的大腦袋。

「老師你們這裡的蘭花好漂亮。」宗皓說。

「謝謝你。」男子黝黑的臉整個亮起來。一綹自然捲的椒鹽色髮絲垂落於開敞的額角，狀如筆筒樹的嫩芽。

「他是這裡的校長喔，田慶元校長。」涂宏弼從大榕樹那邊走過來對兒子說。

田校長微笑。「校長也是老師的一種，做的很多事都差不多。有時候我還被當作是工友呢。」他轉頭問宗皓。「想不想試試給蘭花澆水？平常我們學校都是讓有興趣的小朋友排班做喔。」

宗皓立刻把水管接過來。

「很簡單，對準了就給它咻過去！」

宗皓把橡皮管的頭一下子捏得太緊了，射出的不是一道白虹，而是一朵銀色煙火。

梨文舉起相機對準宗皓，卻在畫面背景裡看到靜語走出校舍，冷冷地瞟了這裡一眼。她的腳步似乎有片刻遲滯，但這也許只是按下快門時的短暫凝結效果。

宗皓噴的水擊中樹杈，分岔的水柱像條閃著銀光的白蛇般撲向從廁所方向走過來的馮家母子。馮太太驚叫一聲，一手牽著兒子，另一手將水珠從染燙工整的及肩波浪捲上拍拂下來。頭髮可能噴了什麼強力髮膠，水珠在上面一點兒也不沾黏，很多都是保持完整樣貌地滾落的。馮太太似乎有點氣惱，精心描繪的眉眼都微蹙著，但眼底與兩頰的陰影像是本來就有的。

「爸！爸！你過來幫媽媽和家珉啦！」家瑛朝榕樹下大喊。

家珉是個幼稚園年紀的男孩，皮膚很白，四肢纖細。他被噴到的水比母親少，有幾顆水珠落在劉海上，他先是翻白眼似地從劉海的間隙看它們，再滴溜溜地讓眼珠跟著一顆滑落的水珠轉下來。他專注地看著水珠在鼻頭上顫動，快變鬥雞眼。

家瑛過來手一揮，把弟弟的劉海掀飛。水珠隨之彈落，鼻尖那顆也沒能倖免。家珉的樣子有點怏怏不樂。

校長將滴著水的橡皮管從宗皓手中接過來。

「宗皓？」涂宏弼輕喚。

「對不起！」宗皓向馮氏母子鞠躬，動作大，聲音嘹亮。

家珉往母親身上瑟縮了一下。

「真不好意思！」涂宏弼對馮太太說。

田校長把水管遞向家珉。「你要不要也試試看？很好玩的。」

馮太太牽著兒子往前走。「這裡太曬。」

「曬一曬也好，男孩子應該要黑一點。」馮國智緩步走來。

「皮膚白也不錯，」田校長對家珉說。「我們這裡很多小朋友會羨慕你喔。」

家瑛的臉色有點暗淡。

田校長把水管遞向家瑛。「你來試試？」

家瑛二話不說接了過去，在校長指導下調整手勁並略作瞄準後才出手，力道和準度都不差。

「你做得真好！」梨文說。

家瑛彆扭地撇開臉。

「校長，時間差不多了。」靜語的聲音在後面響起，清亮微冷。

梨文一轉頭，靜語就走向大榕樹。

「跟著排灣族的百步蛇，就會到我們要去的地方。」校長說。他領著全星一行二十多人步上林間小徑。小徑上，小石頭和彩瓷碎片拼成的一條長長百步蛇，因為順應地勢以及草木生長的樣貌而高低起伏、忽胖忽瘦。邊緣有時候像鋸齒，有時候像浪。

家瑛走在小徑外，家珉邊走邊看腳下，宗皓順著蛇的蜿蜒軌跡輕快地走著。

梨文拖著有點沉重的腳步，覺得自己是一顆蛇沒辦法順利吞嚥的蛋。

「感謝全星近年提供技術、設備和人員，幫助我們平和國小還有整個虹源部落發展。」校長說。「今天我帶大家到處走走，除了展示我們的文創成果和資訊教學，還想請大家看看這裡的自然與文化，一起想想科技可以怎麼幫上我們的忙。現在，我們先去看這一切的起點。」

校長領著大家轉入沒有明顯路徑的密林中。一陣穿梭後，大家看到草木掩映下有七八個約半個成人高、比人體稍寬、邊緣破碎的水泥牆殘塊。有些像斜插在帽緣的大羽毛，有的勉強有個長方形的樣子，但都像是從土裡長出來的另類植株。

「好像墓碑。」宗皓說。

「不好意思啊校長，宗皓這孩子心直口快。」涂宏弼臉上繁複的紋路隱隱浮動著，尤其是眼角的魚尾紋和嘴邊的渦紋。這道歉聽起來更像是自豪。宗皓的心直口快，大概是父親平常默許甚至鼓勵的。

「這樣很好。我們現在都鼓勵小朋友們表達自己的想法。這真的有點像墓碑，不過這不是我們設置的本意。」校長說。

大家默默地打量著牆塊上紊亂的色彩與圖案。圖有兩層，底層斑駁褪色，表層較鮮明，但也有點年紀了。

「地圖！」宗皓童稚的嗓音迫不及待地響起。「爸，是地圖！」

「嗯，是大陸地圖。」涂宏弼說。

「中華民國地圖。」王科長說。

「地圖被弄髒了。」家瑛稚嫩而尖銳的嗓音中帶有一絲氣憤。

「舊版中華民國大地圖。」梨文說。

那些朦朧失色的底層圖案是以不同顏色標示的大陸各省，枝狀的龜裂痕穿梭其間，把省分切割得支離破碎，而裂痕自己則像是株繼續茁壯但長不出半片葉子的樹。

梨文前面的那一塊，勉強可以看出土黃的新疆底部，芥末綠的幾乎整個西藏——西部邊緣被切掉了一點，還有磚紅的半個西康——雖然西康「省」早在一九五五年九月就被撤銷、分別劃歸四川與西藏。不過，梨文、靜語及其他無數學生在國中時期的地理課作業簿上，依然行禮如儀地描繪著它。

隔壁那個牆塊上是甘肅、青海與寧夏。甘肅的形狀像是人類的大腿骨，下端膨大如球的骨節大都被野草和石礫掩蔽。

王科長拿手機對準牆塊。

「你拍這幹麼？」鄭葳伶問。「要去檢舉？」

「不是。」王科長哭笑不得。「我老家在甘肅。」

梨文俯身撥開牆塊下方的草，但還是無法揭露甘肅的全貌。

王科長愣了一下才按下拍攝按鍵。

「回去過嗎？」鄭葳伶問。

「沒有——去過上海和北京。」

「木乃伊。」一個小小的聲音說。是家珉。除了梨文，似乎沒人聽到。

「你說木乃伊？」梨文問。家珉馬上閉嘴，嘴巴鼓鼓的，臉蛋也紅通通的。

剛才那兩個牆塊若是連在一起，表層塗鴉可以拼出一個不知道該說是蜷曲還是扭曲的人形，頭在新疆，胸腹在西藏，腳則伸到青海去了。人形的雙眼是兩個大叉，口鼻部位蒙著三角巾。胸前又一個大叉，彷彿兩臂交疊著被捆在胸前。腰腹有一小段菱形紋，有點排灣風味，下半身則有著彷彿布條來回交纏所製造出的麥穗紋。

一個氣泡從人形的臀後延伸而出，裡面歪歪扭扭地寫著紅色的ELCOM。消失的字首W應該位於原地圖上大概沒有呈現的印度與尼泊爾交界，連同西藏的西邊一起被切掉了。末尾的E則是打從一開始就沒寫上去。這個（W）ELCOM（E）有點像是人形放的一個屁。

「真的有點像木乃伊。」梨文對家珉說，他躲到姊姊身後。

「比較像胎兒。」伊恩若有所思地說。

另外幾個牆塊的地圖上也有塗鴉，除了幾個髒字外，大部分是意義不明的線條和圖案：噴射狀的嘔吐，繚繞的煙圈，颱風天裡斜飛的雨，頭痛時腦海裡炸開的星星。

「多年前我來這裡教書，第一眼看到的就是被塗得亂七八糟的地圖，當時還是一片完整的牆，豎立在校門旁。」校長說。「平和國小是個偏鄉小校，學生不到一百個，大多是排灣族。校門口豎著鐵柵欄，四周環繞著水泥牆，牆上漆著中華民國大地圖，還有一些教忠教孝的標語。」

「這裡學生不算特別少，」尤欣說。「在台東，人數少於七十以下的國小有十幾快二十間。」

鄭葳伶和梨文交換了一個眼神，其中的訊息不外乎：大家都有自己的煩惱，沒什麼好比；誰也不比誰的更值得或不值得關注。

「的確有不少學校比我們人更少，」校長不以為忤。「但我那時候真的覺得，我來到一個不得了的地方。深入了解後，發現至少七成小朋友家裡有狀況。半數家庭不是單親就是隔代教養，家長有長期失業的，有打零工收入不穩定的，有遠赴西部工作難得回家的……」

大家環繞著校長，靜靜地聽著。

「小朋友在生活和心靈上都遇上了困難：看不起父母、不尊敬祖父母，不認同這個族群、這個地方，對上學也提不起興趣。有蹺課逃學的，還有打架鬧事、破壞公物的。學校的木門被踹裂，玻璃被砸破，牆壁被塗鴉——清了又塗、塗了又清。有幾個孩子不只是在學時搞破壞，連畢業後也回來發洩。」

校長領著大家走出樹林，邊走邊繼續講。

「有一次抓到一個塗鴉的，問他想要什麼，他說想趕快長大，離開這裡，永遠不要回來；要把皮膚變白，講標準的國語，去大公司上班；不穿族服、不跟大家說我的族名、我從哪裡來。我只問他一個問題：那你現在這裡的好朋友，以後還要不要跟他們說話呢？」

梨文左顧右盼。靜語正和藍杰生低聲交談，似乎在幫他翻譯。被梨文目光掃到的伊恩眼帶疑問地回望，她歉然搖頭。

「那樣活著，太辛苦了。」校長繼續說。「有一天他或許會達到目標，可是一輩子都在害怕和逃避。」校長本來就傾斜的肩膀現在看起來更下垂了。短短的脖子幾乎要消失，被巨大的頭顱還是別的什麼更大、更沉重的東西壓進了身軀。

在陽光也難以穿透的密林中，稍早吞沒靜語的、近乎墨黑的濃綠，現在也向梨文籠罩下來——她從小就對綠很沒轍。小時候回中部祖父母家，三個多小時的客運車程上，她盯著窗外風景，試圖要讀出點什麼。都是綠，高高低低、深深淺淺、層層疊疊、斷斷續續的綠。它們應該都有名字，可能也有故事，但要不是它們閉緊了嘴不肯跟她說話，就是她道行淺薄讀不懂。大家都說綠色療癒紓壓，但在她童年的返鄉路程中，綠是種越看越緊繃、越看越挫折的顏色。

不過，一踏上通往祖父母家那條竹林夾道的山徑時，綠卻又讓人舒緩愉悅。風中的竹林如直立的海浪般輕輕舞動著，溫雅、柔和、散發清香——端午前夕，粽葉已洗淨、還滴著水但尚未包入餡料的那一刻。

全星的參訪者們隨校長步上環繞著操場的紅土跑道，朝司令台的方向走。操場東側種了一排小葉南洋杉，高大挺直，樹冠如塔。從樹木間往下看，是蔚藍的太平洋。

樹木也許因為是種在海邊，枝葉有些稀疏，既像清癯而年老的武士般守護著校園，又像巨大的魚骨化石在惆悵地望著自己無法完整重返的海洋。

操場西側、司令台後方的兩層高建築，是學校的教學行政區。外牆灰白，梁柱淺綠。在後方開展的鬱綠群山，有時候像是要擁它入懷，但天色一暗，又好像要把它推入下方的海洋。

校長說，當初學校側門被踹破，有同仁提議把木門換成鐵門，但他認為如果學校蓋得像監獄，孩子只會更想逃，乾脆反其道而行，把學校的鐵門啊柵欄啊圍牆啊什麼的全拆了，改種花草樹木，希望孩子們在大自然裡，覺得自由自在。整個校園重新整修，學生、家長和社區民眾都參與了規畫，甚至進行細部施工，打造一個屬於大家的學校。門口的圖騰柱，集合地點附近的廁所，剛才的百步蛇小徑，旁邊這棟樓的公布欄、置物櫃、休憩椅，都是大家親手製作的。現在即將抵達的這個司令台也是。

司令台茅草覆頂，木質檐桁上是以排灣文化為主題的彩繪：太陽、陶壺、百步蛇、頭上插著長長鷹羽的勇士、穿著族服的男女老少。司令台四支鋼柱的柱腳都層層堆疊著銀灰色的薄石板，像是套上了一只厚厚的靴子，準備步入雪地。

參訪者們有的在下面欣賞，有人上去眺望。魏總和昱成走到後方。

「還沒到嗎？」魏總問。

「至少要再半小時。我會繼續傳我們這邊的GPS資訊給司機。」昱成說。

馮太太背靠司令台，戴上墨鏡，望向天空。操場上方的天空開闊而澄澈，飄著幾絲白色雲彩——演唱會末尾所噴出的漫天彩帶，有幾絲掛在空中，遲遲不肯墜落，堅稱這一場盛宴永不落幕。

尤欣脫下墨鏡，看的是反方向的司令台水泥底座。底座上下緣鑲著碎石拼成的細長百步蛇，中間是貼滿了豬、鹿、羊、熊等動物圖樣的浮雕陶板。

「陶板都是小朋友製作的。」校長說。

「那麼，校園重建的教育成效如何？」尤欣問。

校長帶大家來到司令台後方，原本在那的魏總和昱成有點驚訝地退開。芒草掩蔽的後壁一角，三個藍字和一個紅心形成一個小方陣。

我♥
平和

校長的手指在塗鴉上比畫著。

從右上角順時針念是「我愛和平」，但如果由上至下、先右行後左行，讀起來是「我愛平和」。校長說他偏好後面那種念法，當然有可能前面的才是作者原意。

「如果從左上角開始反時針念，」梨文說。「就是『平和愛我』。」

校長笑了，整張臉再度發亮。「這是我們一直在努力的。其實就算沒有這個塗鴉，還是可以看得出孩子們逐漸變得喜歡上學、認同自己的族群，對自己也有信心了。他們的皮膚或許還是一樣黑，但心裡是明亮的。」

「校長您也是排灣族？」尤欣問

「不是。在這裡這麼多年，我常希望我是。別看我這麼黑，我是屏東農家的漢人子弟。我很幸運，南台灣和東台灣的豔陽，先後照耀在我身上。」校長又笑了，鼓鼓的臉頰在日曬的黝黑中透出嬰兒般的紅暈。

梨文問校長當初在什麼機緣下來到這裡，校長說他大三暑假時和一個同樣喜歡植物與攝影的同學機車環島，來到花東，被自然景致迷住了，畢業後就一直在這個地區的各校服務。剛開始被自然迷住，後來就被人迷住了。他以前讀師專時，同學裡不乏花東人甚至是原住民，但那個年頭很多人不願承認自己是原住民、不想回花東，結果他來同學們的家鄉服務，自己的老家反而不常回去了。

梨文點頭。她在台北求學和工作時所認識的花東人，都在成年後再也沒有回來久住。康芸說，人家土生土長的都拚了命想離開，只有你們這些自以為有理想的外地人，把那裡當下半輩子的家。

訪客們沿著教學行政樓的外側走廊向前走。一路上所經過的牆面與器材用品上，常可以看到密密麻麻的排灣風味圖案——這棟鋼筋水泥建築像是個穿西裝打領帶、但在捲起的袖口和褲管下炫耀似地露出刺青的人。這些排灣圖案中，不少在用色和造型上相當有現代感。最常見的圖案是百步蛇，彩繪在屋簷、牆頂、梁柱、門框、窗台上，雕刻在漂流木製成的鞋架、置物櫃、洗手檯、休憩椅、傘筒、資源回收箱上。

「好多蛇，到處都是蛇。」馮太太拽著兒子的手把他往自己身後帶，但家珉卻掙脫了她的手，來到梨文旁邊，跟她一起仰望穿堂牆上那條近兩公尺長的百步蛇。

「好像會爬。」家瑛說完打了個冷顫，母親輕拍她的背。

蛇身上的棕褐與米黃菱格很亮眼，剛看真的會覺得蛇可能馬上要開始爬動了。但是家珉和梨文兩人再怎麼看，蛇依然動也不動，像是永遠凝結的空殼——可能是剝落的顏料底下所透出的灰濁水泥帶來的錯覺。

「那邊沒有蛇。」靜語指向教學行政樓末端的一塊綠地。那裡有著紅、黃、藍、綠的塑膠材質遊樂設施：蹺蹺板、鞦韆、地球儀、單槓、攀爬架、旋轉椅。

最大也最顯眼的是一座混融傳統與現代的溜滑梯：爬梯是漂流木打造的；接近頂端小平台處罩著一只瞪著氣泡眼的厚嘴唇塑膠金魚，造型像是肚子鼓膨膨地塞滿紅豆餡的鯛魚燒；平台頂覆著茅草編成的斜式小屋頂；彷彿從魚嘴吐出的滑梯是寶藍色的塑膠海豚。

馮家小姊弟跟著靜語來到這裡，家珉一見到溜滑梯就眼神發亮，立刻爬上去，很快就被吞進塑膠金魚的肚子裡。

行政教學樓其實是馬蹄形的，大家跟著校長來到中央。這裡有個小劇場模樣的空間，內側是一座架高的圓形木造舞台，面對著被三排環形木椅圍繞的一片半圓形空地。

訪客們隨田校長步上木造舞台，看後方中央的陶壺。陶壺細頸子大肚子，肩上浮雕著兩條百步蛇，身軀飽滿得像是隨時會昂揚而起。三角形的蛇頭像是兩枚箭頭，匯聚在壺頸下方，對壺頸上珍珠項鍊般的一圈乳突虎視眈眈。蛇的下半身呈螺旋狀，各自向左右兩邊開展，遠看像對倒豎的山羊角。

「陶壺是我們排灣三寶之一，你們現在所看到的這個是陰陽壺，百步蛇代表男性，乳釘代表女性。」田校長說。

梨文探頭試圖從那纖細的頸項窺入壺內。

「裡面有什麼？」宗皓問。他踮起腳尖，但視平線還不足以超過壺口。

對梨文而言，裡面什麼也沒有，只有深邃的黑暗。她想跟宗皓說話，雖然還不確定要說什麼，但卻先看到才剛走過來的靜語臉上那種不知該說是警告還是不贊同的神色。

「從前，排灣族的祖靈住在這裡面。」靜語對宗皓說。

「那他們現在到哪裡去了？」宗皓問。沒有人回答。藍杰生和昱成在一旁不停地交頭接耳。

宗皓伸手想摸那玲瓏浮凸的百步蛇，涂宏弼先制止他，再問校長：「這可以摸嗎？」

「你們幾歲？」校長問宗皓以及剛跟著靜語過來的家瑛。

「八歲。」宗皓說。

「九歲。」家瑛說，好像有點得意。

「那這個壺比你們還小一點，它才七歲，是現代製品，儘管摸沒關係。」校長說。

「在傳統排灣文化裡，陶壺既是祖靈的人間居所，又象徵排灣族的起源，也被當作是某一個家族的代表，所以非常珍貴，只有頭目、貴族才可以擁有。他們把陶壺當作傳家寶，世代珍藏，不輕易流傳出去。這種陰陽壺 DeDedan 又是陶壺裡最尊貴的，平時擺放在頭目家中柱兩旁，也就是最神聖的地方，外人是不能隨便去觸摸它的。不過，現在陶壺已經變成很受觀光客歡迎的流行工藝品了。新製品的數量很多，沒有那麼多禁忌。」

除了百步蛇與乳釘的浮雕，壺上還有著一圈圈細密的圖紋。正三角與倒三角相互嵌合而成的陰刻是蛇側身紋，像是重重山巒與它們的水中倒影在某個時刻的無縫交會。蛇背紋是串成一長條的許多菱形，兩個菱形相交之處由各自的半邊構成了一個X。雖然只是個很普通的記號，梨文卻無端想起稍早的那個木乃伊還是胎兒塗鴉：無瞳的雙眼，交疊束縛的兩臂。

昱成比手畫腳試圖向老外藍杰生解釋蛇背紋：「Ah...diamond shaped pattern on the back of the snake...（呃……蛇背上鑽石形狀的紋路……）」

宗皓捕捉到了鑽石和背部這兩個英文字。「Diamond —— Diamondbacks!」他邊說邊做出揮棒動作。

藍杰生笑了。「You mean Arizona Diamondbacks? So you watch MLB baseball games?（你是說亞利桑那響尾蛇隊？你看大聯盟棒球賽？）」

宗皓似懂非懂地聽著，涂宏弼代為回答：「Yes, he does watch MLB, but he is a fan of Seattle Mariners, not Arizona Diamondbacks.（是的，他的確看大聯盟。不過他其實是西雅圖水手隊的球迷。）」

「Diamondbacks 是響尾蛇，這個是百步蛇。」張宗聖說。

田校長微笑。「其實台灣百步蛇屬於響尾蛇科。不過牠鱗片比較小，尾巴不會發出嘎啦嘎啦嘎啦的聲音。」

「喔。」宗皓露出不知該說是失落或是迷惑的神情。

「現在在芝加哥小熊隊3A的蔡祐朋是我們排灣子弟喔——隔壁新豐鄉的。我想他今年應該有機會重返大聯盟。」

「喔cooooool！」宗皓的臉色亮起來。

「我幫藍杰生問一下：排灣族為什麼這麼重視百步蛇？」昱成說。

靜語開口似乎想回答，但又馬上閉嘴。

「靜語你來吧。每次都讓你聽我說同樣的故事，我早就不好意思了。」田校長笑說。

靜語娓娓道來。排灣族的起源有很多種說法。其中一種是：有一天太陽在大武山漫步時，在山頂發現了一個美麗的陶壺，於是在裡面下了一個蛋，怕蛋被動物吃掉，就指定百步蛇來守護。後來陶壺裂開、嬰兒從中誕生，成了排灣族的祖先，而百步蛇也成為排灣族的守護神。

孩子們聽得很專心。昱成連比帶說、結結巴巴地為藍杰生翻譯。

靜語說，另一種說法裡，卵是百步蛇產在陶壺裡的。每天東方的第一道陽光，透過石板屋的天窗照射在陶壺上，壺中的蛋因此漸漸長大，最後裂開，生出一名男嬰。

家瑛聽到最後時，露出失望之色。

「或許是因為這些傳說，陶壺在排灣文化裡象徵著生命泉源，排灣人相信陶壺具有能使生命發生、繁殖和預測未來的超自然力量。」校長說。

昱成再次代藍杰生發言，說他強調自己沒有不敬的意思，但走遍世界各地，他一直覺得各民族的起源神話其實非常先進和高科技，並不只是古老的、遙遠的夢。剛才聽到的排灣族起源傳說——尤其是第二種版本——像是科幻片中外星人培植人類胚胎的場景。

「如果地球人真是外星人製造的，我想問問他們：為什麼把我們造得五顏六色？」校長說，這次沒有笑。

「像球鞋。」宗皓說。大家都笑了。梨文注意到伊恩默默地步下舞台。

伊恩穿過舞台前的半圓形空地以及其後的三排座椅，最末排的木椅後面豎立著七八扇黑色薄石板，像是一小片碑林。石板上鏤刻著金色的排灣傳統圖紋，兩面都有，每扇都不一樣。

他把背靠在其中一塊石板上，掏出手機，上面顯示的訊息是：「來不來？」他按下回覆鍵，但對話框一直空白著。

看到靜語跟家瑛、家珉朝這裡走過來，並開始查看石板，伊恩立即將手機塞回褲袋，告訴家瑛，她看的那個橄欖狀圖案是花瓣紋。家瑛一臉不解，伊恩就蹲下來撿了塊石頭在地上描繪：五六個橄欖朝某一個中心點匯聚，就得到一朵綻放的雛菊。

家瑛開心地笑了，繼續學習辨認其他圖紋。

有一兩道橫紋的橢圓，家瑛覺得像蠶寶寶。

那是螞蟻。

有四個點的圓圈？家珉說：餅乾。

那三個點的呢？人臉。

這是粟紋。

粟是什麼？

粟就是小米，排灣族的傳統主食。

那是很小顆的米嗎？

也可以這麼說。

好漂亮啊這個，家瑛說。

它的名字很美哦，月亮的眼淚，靜語說。

那是好多個下弦月連綴成一串，像是祭典跳舞時大家交叉地握著手形成的人形鎖鍊。每個弦月的上下方都散發著同樣呈弦月狀的朦朧光暈，這一個弦月和那一個弦月交接之處都垂落著一串珠子。

如果人與人都握著彼此的手，為什麼最緊密相連的地方會掉下眼淚呢？這個又是什麼？

中間有個核、外圍有圈小點點的圓圈。

太陽。家珉說，家瑛也點頭。

我第一次看到時，也覺得一定是太陽。靜語微笑。結果這是露珠。

伊恩指另一邊的石板。這個像海浪的，才是太陽。

孩子們一臉困惑。伊恩注意到梨文在附近看著，不知已經來了多久。

其他參訪者陸續到來。最前面的是田校長和王科長，落後他們幾步的是馮太太，更後面的是藍杰生。

「最好認的是這個。」田校長指的那扇石板上的圖紋，是一群火柴棒人手拉手一字排開。

「這是人，一定不會錯。」王科長說。

校長點頭。「這是人形紋。」

「人是不會把自己認錯的。」王科長又說。

靜語和伊恩一臉漠然。

在大家查看圖紋和討論意義的這段時間，馮太太站在小劇場末端出口處，望著對面地勢較低處有著水泥頂蓋的籃球場。國中生年紀的一男一女在那裡運球投籃，幾次將目光投向上方的訪客們。女生出場撿球時，看到藍杰生蹲在雜草叢生之處用手機追蹤著什麼。草葉一陣輕顫，有什麼東西輕快地疾行而過，一抹鮮豔的電光寶藍一閃即逝。

全星的參訪團隊暫別校園，走向北側的漂流木工坊。路上經過一個臨海緩坡，那裡有一片小小的藥用植物園。藤蔓攀爬的棚架下種得整整齊齊的十幾種植物前都插著小木牌，寫了名字、產地與功效。葉片小而圓、狀如銅板的錢幣草可以消腫解毒。像是童話裡迷你魔魅森林的一叢紫羅勒，功效是驅風健胃。開著紫色小花的長穗木可以清熱解毒。清熱利水、涼血解毒的倒地鈴葉片有著鋸齒邊緣，尖端呈三叉狀，像是枚小小的、沒有殺傷力的暗器。

「功效怎麼都是解毒？」鄭葳伶說。「好像我們台灣人都渾身毒素。」

「全都吃了會百毒不侵嗎？」昱成說。

「可能會死吧。」梨文說。如果兒時回祖父母家那三個多小時的客運車程上窗外那些靜默的綠，也都各自掛著個解說牌就好了。雖然資訊不多，但比全星發的名牌還要來得詳盡。如果她身上掛的是這種牌子，說不定可以少點誤會——像是和袁靜語這種，或是和王科長那種。功效要寫什麼呢？「清熱解毒」似乎不錯。

「不臭啊？」宗皓嗅聞由許多飽滿的重瓣小花聚攏成大花球的臭茉莉，白色的花瓣先端帶抹淡紫。「可以治五毒症——爸！爸！五毒症是什麼？」

涂宏弼說他不知道，問校長，結果校長不好意思地說他現在才發現牌子上有寫這個。

「這像新娘捧花。」馮太太輕聲說，不知道是懷念還是惆悵。

「要搓揉葉片後才會有臭味。」校長說。

「媽這個好漂亮。」家瑛指著像是戴了頂金色小皇冠的橘紅小花所構成的傘狀花序。家珉伸手想摸。

「別碰，這有毒。」伊恩俯身扶起傾倒的木牌，上面寫著馬利筋，功效是活血止血，不過全株有毒。

梨文看著伊恩試圖將木牌牢牢插在土中。他大而肥厚的左耳垂上有兩個深陷的洞孔。一個是小圓洞，深邃得近乎墨黑，另一個近乎長橢圓——持續配戴有點分量的耳環拉長的？

伊恩按壓木牌的手有點不穩，可能是感覺到梨文的目光，也可能是因為土地對壓力的抗拒。他的指甲森森地發著白光，不是因為用力，是周圍那圈比較深的膚色襯托出來的。

「蜥蜴！」有人叫道。

植物園傍山側有個出口，兩邊安置著陶壺，一道碎石鋪成的階梯通向了登山小徑。散落著幾片黃綠落葉的第二階上匍匐著一隻剛不知從哪裡竄出、現在呈戒備狀態的蜥蜴，長約十公分的身軀上是深深淺淺的枯葉褐與碧綠鱗片，背部中央有道長長的鮮黃色縱紋。梨文想起一年半前和嘉琦在綠島騎車奔向碼頭時，海岸公路邊在幽暗天光下鮮麗得像在發光的黃線。

藍杰生用全星剛發表的高階智慧型手機拍攝蜥蜴。早上拍個不停的張宗聖在旁看著，沒有要拍的意思，倒是王科長照了一張，自己瞄了一眼就收起來，沒公開。

藍杰生的手機螢幕上的蜥蜴，鮮明得近乎銳利。鱗片玲瓏浮凸如起伏的地形：背部的長條鮮黃鱗斑是被延展的台灣島，環繞在四周的枯葉褐與碧綠在液晶螢幕裡漾著晶瑩的釉色，是綠島每年二、三月時珊瑚礁岩間夾雜著淺金的幽綠藻海。島嶼的如劍末端像是要把海洋切開，又像是即將被它淹沒。被海洋包圍的島嶼看起來孤零零的，卻又像是想竭力背負起整座海洋。

「斯文豪氏攀蜥。」梨文說。

「嗯，是攀木蜥蜴。」涂宏弼以牠的另一個常用名稱附和。

藍杰生點開手機中的另一張蜥蜴照片，問他們這是什麼？

十多公分長的身軀在草叢間扭成一個C字，黑褐色的上半身有數道長長的淺黃色縱紋，纖長的尾巴是一抹鮮豔的電光寶藍。

「麗紋石龍子。」梨文說，涂宏弼點頭。兩人都不知道牠的英文名字，但藍杰生請梨文把牠的中文名字再說一遍。

「他大概是覺得，問你蜥蜴的名字，你怎麼把自己的名字告訴他。」鄭葳伶說。

「麗紋」和「梨文」，在不辨四聲的老美耳中，聽起來應該沒什麼差別。

「我又沒跟他說過我叫什麼名字。」倒是跟靜語說了，但從她的反應看來，說不定一隻蜥蜴還比較能引起她的興趣。

登山步道旁的山坡上有座小小的木造聖母堂，靜語在看門口右側豎立著的鍛銅浮雕板。那是一幅耶穌被判刑圖。耶穌兩旁各有一位羅馬士兵，左後方有個人跪在路邊，雙手合十。整張圖滿布霉斑似的鏽綠，只有耶穌的頭部是光亮的紅褐色，彷彿有人不厭其煩地每天撫摸。耶穌戴著荊棘冠的腦袋低垂而前傾，突出於這整片浮雕——蛋糕上的櫻桃，外套上的珍珠扣，門上的喇叭鎖——握住它，彷彿就擁有展開新世界的可能。靜語微微抬手，但似乎馬上抑制住碰觸的衝動。她的目光投向耶穌背後，那裡有位長髮女子隱約可見。在這群人裡，她的面目最模糊。

「蜥蜴到哪裡去了？」宗皓喊道。

剛才大家忙著看藍杰生的液晶螢幕，回過頭來想拍，蜥蜴已經不見了。

家珉說他看到蜥蜴跑進陶壺裡了，他父親卻說看錯了吧，蜥蜴怎麼可能一下子跑這麼遠。昱成開玩笑說那隻蜥蜴可能是溜出來散步的祖靈。

家珉在大家的笑聲裡漲紅了臉，一副要哭的樣子，靜語輕輕地摟了他一下，宗皓拉著他的手臂帶他去看另一隻蜥蜴。

石階底部有片帶著黃綠斑點的紅褐色葉子，厚實而光亮，質感像是上過油的牛皮。

從葉底探出頭來的那隻蜥蜴，帶著許多黑色斑點的身軀渾圓而光滑，體側有著黑色縱紋。

「這隻好醜。」家瑛說。

「這隻是印度蜓蜥。」梨文說。宗晧和家珉蹲在地上看得很專心，一方一圓兩個小腦袋都快貼在一起了。

「你這麼熟悉蜥蜴的名字，是這方面的專家嗎？」校長問。

梨文搖頭。「我是《潮聲》雜誌的記者，我們雜誌——」

「我知道，你們報導過我們隔壁鄉的森王國小。」

校長應該沒有別的意思，但梨文還是有點尷尬。「其實這些蜥蜴都是很常見的種類。」

「沒有一隻我叫得出名字。」昱成說。

「我是來花東才學著辨認的。太常看到，叫不出名字很困擾。」在這裡，梨文常覺得自己又聾又啞，叫不出名字的花草樹木飛禽走獸，聽不懂的原住民各族語言。她突然察覺到不遠處靜語冷冷的目光。「不過我所知道的，也只不過是名字而已。」

樹葉被罩下的印度蜓蜥剛探出頭時，本來只是僵著不動，被家瑛說醜後，牠一溜煙地跑向登山步道旁的山坡。

家珉跟著宗皓追了過去，在小天主堂簷下的一大叢姑婆芋前駐足。他面前的那柄芋葉大得像傘，主葉脈堅實筆直，像把半埋在葉子裡的劍，周圍環繞著一圈細碎閃亮的露水，像是昨夜星星在天空裡爆炸後落下的碎片，堅持不向凹陷的葉脈中心滑落；即使再度匯聚，也不會再度成為一顆星星，在下一個無光的夜晚重生。

家珉著迷地看著葉片輕輕搖晃，宗皓的表情起先有點迷惑，但跟著靜靜地看了片刻，彷彿有點明白了。他眼中的芋葉可能是一件銀星綠毯，如果是童話中的小精靈，可以躺進凹陷的中央安眠，綠毯會輕柔地簇擁你，但不會覆蓋或是包裹你；周圍的露水環繞著你的身體閃閃發亮，光芒隨著你呼吸時軀體的輕柔起伏而脈動。如果遇到什麼威脅，葉片會自動收攏、把你裹在裡面，安全、溫暖。露珠會滾落在你身上，但是不會把你弄濕。

葉子突然劇烈地搖晃了一下，把兩個孩子驚醒，不知哪裡來的一段枯枝掉在葉子上。葉子一斜，一小串露水隨之滑落，而葉底的草叢間有什麼受到驚擾，銀光一閃。

兩個孩子鑽進葉底，但沒看到蜥蜴或是其他生物，家珉有點茫然，宗皓拉拉他的手臂，要他蹲坐下來後往上看。

厚實的傘葉透著光，浮現出白色油彩滴到綠水裡所產生的那種浮游紋理。葉脈的顏色更深沉、看起來更粗大，葉肉卻淺而亮，像是許多偶然飄落的白羽所構成的。如果用力點吹口氣，幾片羽毛說不定會輕輕揚起。

葉子突然黑了一半，有誰的身影擋住了把葉子照得半透明的光。宗皓正想抗議，葉片卻被掀開。

「該走囉，我們要去木工坊了。」靜語說，馮太太的臉從她背後探出來，不過並沒有什麼擔憂或焦躁，反而隱隱有一絲笑意。

3

田校長和全星參訪團隊繞過岬角，來到一處緩丘。矗立在樹林環繞的袋狀草地盡頭的漂流木工坊，是一組異質拼貼的建築：磚屋、木棚、鐵皮工寮。工坊前方的草地上，一張木凳和兩塊木板粗略地構成一道指向工坊的路徑。

「當初成立這個工坊，主要是為了讓學生家長不用遠赴西部，可以在部落裡就業並照顧小孩。」校長說。

指向工坊的那兩塊長長的板子，立起來大概都近乎成年人的高度；一頭尖、一頭橢圓，造型有點像衝浪板，只不過厚了些且不夠平滑。其中一塊板子，尖的那頭畫了黑色百步蛇，只有半條，有頭無尾，不知道是沒畫完還是故意的。另一塊板子中央有一團漩渦狀的墨藍，從漩渦下方一直延伸到橢圓尾部的是一片網狀割痕、下手很重，痕跡很深，每道痕的兩邊都有一叢叢長長的木纖維被掀起，使板子看起來像是某種獸類毛茸茸的下半身。不知道這頭獸是從海上乘浪而來，即將進入山林，還是剛脫出密林，想要縱橫四海，卻擱淺於草岸。

「工坊裡目前總共有七位師傅在輪班，其中兩位是學校人員，五位是學生家長。」校長說。

「剛才校園裡的桌椅設備，很多是工坊爸爸們的作品。」靜語說。

離工坊最近的那張雙人板凳，四條微彎的腿往不同方向伸展，像是想要拔足狂奔，卻又缺乏協調感。前面兩隻彎弧大，後面兩隻小，四隻粗細不一。整體來看，好像隨時可能承受不住凳面的重量。

參訪者們來到磚屋大門前。門左側的牆面粉刷成白色，草綠色的「原芳」兩字以歪歪扭扭、粗細不均的樸拙字體大大地漆在牆上。「芳」的草字頭是兩莖左右各有兩片小圓葉對生的樹枝，一左一右地站立在一段橫躺著的漂流木樹幹上。

「『原芳』這名字是大家一起想的，意思是木頭在原鄉裡發出香噴噴的味道。」校長話聲一落，大門內側就傳來刺耳響亮的電鋸聲，家珉立即躲到媽媽和姊姊後面。

從門外就可以看到，四位師傅環繞在工作檯邊，正開始要鋸一塊厚木板。板子擱在桌檯上的那頭大致平整，突出於桌檯前緣的那端輪廓尖圓，和剛才草地上那兩塊有點像。師傅們正打算將尖圓的那頭鋸掉，這樣一來板子兩頭平整，完全是板凳凳面的樣子，再沒有一絲衝浪板的意味。

四位師傅中，穿著鐵灰色圍裙在一旁指揮的那位看似漢人，校長說他是學校的警衛周子輝，當初是他和工友盧國全利用閒暇找專家學手藝，回來後再傳授給這裡的原住民爸爸們。

頭上綁著泛黃的白毛巾、扶著木頭前端的是火哥，有著彌勒佛的身材和笑臉。操作電鋸的蒜頭鼻小鬍子李同德，在火哥說他是大師時一臉靦腆地避開大家的注視；他的橘紅色 Polo 衫上有著大片汙漬，裸露的前臂、雙手以及衣服腹部上都是米金色的木屑。

按著板子後端的那個小平頭是曾義昌，濃眉下黑白分明的大圓眼炯炯有神地直視訪客們，目光明亮到微帶殺氣。他的目光往下後，梨文順著看過去，被母親牽著的家珉兩眼發紅、泛淚。

「被電鋸嚇到了吧！」鄭葳伶說。

「男生要勇敢一點。」王科長說。

「不用怕，哥哥在。」宗皓對家珉拍胸脯，但他的眼睛似乎更紅了。

「我先帶大家去外面參觀，待會兒回來就鋸好了。」火哥說。

工坊側翼是鋼架和塑膠浪板組成的棚子，後側則是鐵皮棚。

「我們這裡的木頭，大的是向林務局或是製材所買來的，小的是海邊或溪床撿來的。」火哥邊走邊跟大家說。

許多形狀大致平整的漂流木整齊地堆疊在牆邊，所有的年輪剖面合起來構成了蜂巢般的大圖，家珉站得遠遠地看，抽了一下鼻子，還是有些泛紅的眼睛流露敬畏之色。

站得很近的梨文把鼻尖湊近某塊木頭的剖面後，也抽了一下鼻子。

「木頭如果是從海邊還是河床撿回來的，通常已經乾了。如果是買來的原木還是砍來的樹，就要先把它們燻乾、曬乾。」火哥說。

「難怪有股煙燻味。」梨文語帶懷念地說，繼續在其他木頭上東聞聞、西嗅嗅。靜語在附近看著，表情冷淡，但眼珠不由自主跟著梨文轉，像在看一隻過度熱切的小狗。

梨文直起身來。「以前你曾經帶過一罐煙燻杏仁到補習班分我吃，我覺得好吃得不得了。可能是因為這個理由，一直記得妳……」

靜語只是靜靜地看著她。

國中補習班教室裡，從梨文和靜語所在的最末排看過去莫名遙遠的講台上，英文老師正講解著一般未來式的用法。梨文抄的筆記大致符合進度，空白處還是有不少塗鴉。桌面上，杏仁罐的長圓柱擺在她和靜語中間。

從梨文這邊看過去，罐面上是一幅看似地中海小山城的粉彩風景畫：藍天白雲底下是起伏的金色山坡和青綠的小方塊田地，田邊點綴著紅瓦覆頂的小屋。天空與原野交融的藍黃光影，在暗紅色的拱門與廊柱間隱隱浮動。畫的上下緣各鑲了一道兩端捲起的淺栗與紫褐色緞帶，除了ALMONDS（杏仁）外，其他的字梨文一概不識——應該根本不是英文吧，有些字母上有變音符號：一撇、兩點，或是道小波浪，說的大概是品牌、產地或口味。

梨文正想將手伸向杏仁罐，陰影卻籠罩了下來——班主任從後面走過來巡堂，腳步在她們的桌邊略微停頓，目光投向杏仁罐。

靜語靜靜地將罐子從桌面上移下。

班主任繼續往前走。

梨文不無遺憾地將手及注意力移回筆記上。不一會兒，靜語輕撞她的手肘，將目光往下移：還開著的罐子被夾在她的兩膝間。梨文差點笑出來。靜語故作鄭重地向她點點頭，示意她繼續。

「把木頭弄乾以後，我們會挑個好日子把它拿來加工，做成家具還是其他的用品。到底挑哪塊木頭來做成什麼東西，這就要看緣分了。」火哥邊領著眾人往工坊後側邊走邊說。越往後，木頭越是大小不一、形狀不規則，擺放也越來越混亂。

工坊尾端是一個從磚屋延伸而出的鐵皮棚子，外面是一處綠草緩坡，往下可以俯瞰河谷。極左是河流的出海口，往右邊的內陸方向可遠眺群山。

棚下的水泥地上有著六七公尺長的大片藍白條紋帆布，蓋在下面的漂流木起伏不定的龐大形體讓它看起來像是擱淺在陸地的一道長浪。再多看一眼，又會疑心裡面是不是一個因痛苦而蜷身倒臥在那裡的巨人。

「哇噢！」宗皓跑到水泥地與草地交界處的帆布末端，對著裸露出來的樹頭驚嘆。呈根張狀態的樹幹基部對著來訪者張牙舞爪，像一朵怒放時被瞬間烤乾的巨型牡丹。它比梨文只矮一個頭，略成低腰五角形，寬和高差不多，中央凹陷、彷彿有洞，但其實沒有。家珉過來跟宗皓一起好奇地往內窺探。從一段距離外看過去，兩個孩子的上半身彷彿沒入了其實並不存在的樹洞。

「這是大師的寶貝喔。」火哥把帆布多揭開一些讓家瑛看。

從側面看，樹頭像是想要飛翔而奮力昂揚的粗頸龍首，但龍的身軀與藍白條紋帆布糾纏在一起、無法動彈。帆布不是保護睡眠者的被單，而是協助囚禁飛行者的鎖鏈。

「這是紅檜。」涂宏弼說。

「這裡怎麼會有這麼貴的木材？」王科長問。

「這個樹頭內部多半已經空洞或腐爛了，才會來到我們這裡。」校長說。

「原來已經壞掉了，那能做什麼？」

「做家具大概是沒辦法了。至於會變成什麼樣子，我想時間會告訴我們。」

「大師說要把它變成一條百步蛇。」火哥說。

「這個樣子就很好。」梨文說。不知道是否理解大人們的談話，家珉在一旁微微點頭。

「只是沒用。」王科長說。

「我喜歡它現在這個樣子。」靜語說。梨文有點驚訝地看過去，靜語沒有回望。

藍杰生在位於溪谷上方的草坡邊緣佇立了一會兒，火哥才帶著其他幾位訪客過來。循著他的眼光看過去，兩點鐘方向的濃綠山頭上一長條反射著陽光的波紋銀白。

昱成正煩惱著該如何說明時，涂宏弼先開口：「Those are rocks exposed after the flood triggered by torrential rain during last summer.（那是去年夏天土石流後裸露出的岩壁。）」

在田校長的指引下，大家看到那座山低海拔處還有著帶狀的金色坡地。

從相機的望遠鏡頭裡，梨文看到十多人或蹲或彎腰地在坡地上工作，畫面有點像米勒的名畫〈拾穗〉。梨文拿給宗皓看，涂宏弼說那是林務單位以覆草網的方式防止裸露的坡面繼續流失，草網是稻草和棉線做的，會腐化分解為有機質，成為土壤的肥料。靜語對跟著媽媽、比較晚過來的家瑛與家珉說，山受傷了，他們在幫它修補傷口，貼上OK繃。

大家一起靜靜地看著山嶺的金色與銀色傷口。

火哥帶大家步下草坡，來到跨溪吊橋上，看著樹木環繞、石頭遍布、野草叢生的乾枯溪床，本來綁在他頭上的毛巾不知何時拿下來圍著脖子。和校長一樣，火哥有個和矮胖身材不成比例的大腦袋；形狀扁圓，後腦杓突出；密叢叢地長著帶點金屬光的紅棕色毛躁小螺絲卷，像是一朵朵被風乾保存的火焰。

「三年前，我在下面工作，是校長把我找回來的……」火哥說。

那年，溪邊帶點鴨蛋青的灰白色鵝卵石堆上，怵目驚心地擱著一顆圓滾滾但某一面有點扁的深褐色大腦袋，上面長滿了深金棕的微捲短髮。有具怪手打開了末端的鋼牙，將「腦袋」一把夾到半空中。「腦袋」後面還連著一截灰黑色軀幹，是一般人若伸手環抱、兩手指尖差一點就可以相觸的粗細。「腦袋」航行於空中時，俯瞰著溪床、樹林、卡車來往的道路，還有零星的住家。

「三年前的夏天，颱風帶來的豪雨將大量樹木從山上沖刷下來，從溪谷一直堆到海岸。」校長說。

隨著怪手的移動，鋼牙中其實是樹頭和樹幹的「腦袋」與「身軀」，降落在已經像座小山的漂流木堆上。溪床上有許多這樣的木堆，十多台黃色怪手在其間作業著，機械手臂看起來像一個個的倒V。兩個倒V形成一座麥當勞M字標記的黃金雙拱門。門內，許多座木堆已經燒成灰，幾道白煙從餘燼中冉冉上升。

「為了處理這些風災所沖刷下來的漂流木，鄉公所從五個部落選出五十名工作人員，一星期工作五天。」校長說。

「每天在溪床上燒木頭，一直燒，一直燒……」火哥說。

從某個角度看過去，無數機械手臂的倒V連成了一座大橋。橋下不是銀光閃爍的溪水，是無止盡的灰色餘燼。這座橋不會把族人和祖靈相連。從這岸到那岸，都是無比艱辛的塵世。

兩台怪手隔了數十公尺遙遙相對，在這兩點所連起的一條虛線的正中央，一個脖子圍著毛巾的大頭工人吃力地爬上木堆。在木堆頂端，可以遠眺廣大無垠的蔚藍太平洋。

「有價值的大塊木頭被林務局標售給商人，剩下的小塊木頭或雜木才開放民眾取用。」田校長說。

「有些族人去搬了一些回家當柴火……」火哥說。

「但還是剩下幾十萬噸的漂流木要焚毀。」

部落外緣臨近溪床的產業道路，尾端與濱海公路交會。從那裡回望，前方遠處是山巒，左側是溪床上漂流木堆蜿蜒綿長的外緣。木堆是條無數枯枝雜木堆成的巨龍。突出來指向天際的幾枝樹幹，是穿胸破腹的肋骨。最靠近路尾的那個巨大樹頭不像龍首，倒像神情哀傷的狗頭。兩側垂落的鬚根像是耷拉下來的毛茸茸耳朵，多層次的凹陷圓洞是無瞳的空眼。

較近山巒的狗頭龍尾段，一具怪手在上面作業著。狗頭龍腰窩旁則有個矮壯的原住民婦女，頭上的斗笠綁著白底粉紅小碎花的布巾。和布巾同樣花色的荷葉領外套下，是開滿白色雛菊的桃紅色棉質上衣。她用戴著桃紅色橡膠手套的雙手將一段段粗短的木頭放進膝前的手推車。正要推著離開時，一輛大卡車從後方駛過來，車斗上高高堆著巨大的原木。

車子離婦女太近了。有瞬間，半露出車斗外的那幾根彷彿隨時會滾落的原木，幾乎懸在她的腦袋上。

卡車駛離後，婦女朝沙塵飛揚的道路對面喊了幾句什麼。那裡有座紅帳篷，裡面幾個白襯衫西褲、監督管理模樣的男子圍繞著一張白色摺疊桌或站或坐。沒人理她。

站在最外面那個淺藍襯衫灰長褲的，以比狗頭龍好不了多少的空洞眼神投向她這邊，越過她的頭頂。

「樹木本來和族人一起在山上生活，卻因為洪災而流離失所。」校長說。

「族人下山去，也沒辦法把它們全帶回來。只能火一把一把地放，把它們都送走……」火哥說。

「這個火，不但製造空氣汙染，還損害族人的健康……」

循淺藍襯衫男子的視線看過去，原住民婦女背後那座頂部平坦的漂流木堆上，怪手附近有個小鬍子工人抱著一大捧枯枝雜木，在一根像橋般高高架起於木堆上的細長木頭上行走。這根木頭蒼白、光滑，有著優美的下凹圓弧，在色澤深沉的無數雜木上，像是一勾下弦月落入黑海，成為一艘獨自航行的小舟。

男子從弦月末端往下跳，來到一片大致清理乾淨的沙地，那裡只有一個晚會篝火般的中型木堆。他將懷中那捧雜木堆上去後，蹲下去透過縫隙查看木堆底部。裡面有一朵小小的火苗，像什麼人生日蛋糕上的燭燄被鎖在一個幽暗的洞穴裡。縱橫交錯的雜木枯枝將火焰切割成半個桃心的形狀。

火勢隨風漸大，火焰從雜木間的各個空隙竄出，彼此結合。金紅色的火光像一匹長長的絲緞在風中飄揚。

男子轉身要往回走，但才向左轉了半圈，就面對一座比他那小柴堆大了N倍的巨大漂流木山。幾道白煙從山上各處冉冉升起，帳篷底下的男子們有幾個也來到山腳下觀看。風勢一轉，把煙吹向他們，他們或轉頭或退避，沒看到小鬍子男用手在面前拚命地扇開煙霧，睜大了被燻得發紅泛淚的眼睛所看到的。

漂流木山上有根木頭形狀像是一個人掙扎著要爬離。它向前伸長兩臂，如臂枝幹末端發散的細枝像是十幾隻手指，不曉得是要抓住底下的兄弟姊妹們，還是要撥開它們讓自己逃出生天；修長得和身材不成比例但又扁又薄的左大腿幾乎要伸出木堆接觸到地面——就差那麼一點。它的背部整個弓起，構成背部的雜枝蓬亂而纖細，像是幾對糾纏在一起的鹿角。肚腹下的空洞裡，烈火已熊熊燃燒。無髮的頭顱頂端渾圓，臉長而黑。沒有五官，沒有嘴，但耳朵出奇的大，有著好幾重耳廓，聽得到柴火在腹中燒得劈啪響，但發不出聲音。

火哥帶大家回工坊時，已經沒人在使用電鋸了。磚屋裡瀰漫混雜的木頭氣味，有的老，有的新；有芳香的，有刺激的；有的讓人放鬆，有的卻令人想流淚。剛進去、眼睛還無法適應光線的明暗變化時，還以為對面有七八個高矮不等的裸身巨漢倚牆而立，但那其實是一具具漂流木。

磚屋內部大約是可容百人的教室大小，無隔間、裝潢。尚未處理的木材靠牆擺或放地上。四五張堆放工具與木料的工作檯，以及十幾件多為中小型桌椅的成品與半成品散置各處。

有一張工作檯上的長方形木盒子是頭短尾長的六角形，造型像具棺材。尺寸比小提琴盒大、比中提琴小，只能裝小孩。梨文想起早先塗鴉牆塊上兩眼打叉、雙手交縛胸前的木乃伊。

家珉又開始紅眼流淚。

「他是不是對木屑過敏？」梨文問。

馮太太把兒子帶了出去。

磚屋裡的地板上到處都是木屑，師傅們的鞋面和褲腳也都是。氣窗投射在地板上的光斑裡，木屑閃閃發亮，像夕陽下的沙灘。宗皓好玩地踢飛了一小堆木屑，父親制止了他，但幾星木屑已經鑽進了梨文的休閒鞋內。家瑛用鞋尖在一灘木屑上畫出一個圓，裡面四個點，可能是西式小餅乾，也可能是排灣族的粟紋。

靜語佇立在磚屋門邊向外看。

馮家母子坐在工坊門前草地上那張四隻彎曲細腳各自散開的凳子上，坐得很穩的樣子。

火哥招呼大家到屋子中央集合，那裡有七八張樣式不同的漂流木桌椅半成品圍成一圈，好像在舉辦一場自己的祕密會議。有造型普通的長板凳和小圓凳，有頂端雕刻著筆筒樹嫩芽的高背椅。有張板凳的四隻腳中有一隻長長地往外伸，彷彿想要偷偷絆倒漫不經心的路人，還有一張椅子的靠背像是歪斜的人臉，刻了一大一小兩隻眼睛，歪著嘴既像是在扭曲地笑著，又像是嘴饞。宗皓對著它，試圖做出一樣的表情。

「大家坐啊。」火哥說。

大家望著沒上漆、看起來蒼白多粉的椅子。沒人坐。

「那我先坐了哈。」

火哥的座椅與其說是矮凳，更像是被砍到只剩一小截殘樁的樹幹。他把雙臂擱在面前的矮桌上，桌面輪廓像是演奏琴的上掀蓋板。「這是我的作品。」火哥自豪地說。

靜語在他旁邊坐下。「桌邊的弧度真好。」

「這是用來裝我的大肚子。」火哥拍拍肚皮，桌緣內凹的弧度和他彌勒佛般的圓肚完美貼合。

「這張我很喜歡，可以買回去嗎？」鄭葳伶半開玩笑地問。她試坐的那張椅子，一邊的扶手雕成了一枝長羽毛，另一邊則像是蘇鐵的羽狀葉。把兩臂擱在上面，手指會隨著羽毛和葉子的前端微微下垂，甚至有點往內捲。

「這是大師做的。」校警周子輝指指在某個工作檯上默默地修磨著什麼的李同德。「女生都喜歡他的作品。我們都說他在歐吉桑的外表下，一定有顆少女心。」

在大家的輕笑聲中，李同德音量不大但很清晰的聲音傳了過來：「那張椅子還沒完工。」

「大家可以到我們設在鄉公所附近的展場看看，成品都在那裡。」周子輝說。「有時候外地有活動，我們也會把作品運過去展售，不過主要是在網路上接訂單。客戶大都來自西部大城市，最近也有一些大陸東南沿海的。本地需求不大，台東市加減有一些。」

「總之，謝謝校長成立這個工坊，還有袁小姐和全星同仁們幫我們架網站。」火哥說。

靜語低下頭，看不到表情。

「這裡最寶貴的，我想是大家一起付出的心力。」校長說。「這些漂流木都散發著濃濃的父愛氣息。對孩子們來說，沒什麼比這更珍貴的了。」

鋸木頭的聲音響起。濃眉大眼的曾義昌在附近的工作檯上裁切一塊有著微妙弧度的厚板子。

梨文注意到他的指甲縫裡積著厚厚的黑垢，指頭上的膚紋深得像注入了墨水的利刃刻痕，渦紋讓指節看起來像是鼓起的迷你樹瘤。

梨文向前邁了一步，腳尖踢動了曾義昌對面一張只有單邊扶手的椅子。她俯身扶住椅子，一摸到沒扶手那邊的椅座側面，掌心頓時有種粗糙的粉感。

其實，環繞在曾義昌周圍的幾件漂流木家具都一樣沒有拋光上漆，看起來乾燥、蒼白，有種原始和脆弱的感覺，像被太陽曬得發白的獸骨。

「這是要做成什麼？」梨文問曾義昌。

「椅背，給小孩子用的。」他展示板子弧度。「你看它這樣中間凹凹的，如果再加上兩個向裡面彎的扶手，像不像爸爸在抱小孩？」

梨文笑了。「一定很舒服吧，有機會真想坐坐看。」

「你可以試那張，也是我做的。」他指指先前被梨文踢到的單邊扶手椅。

「這還要上漆吧？」梨文問。

「我們這裡不上漆，除非客人特別要求。」曾義昌說。

「這樣對師傅的健康比較好，你身上的油氣就可以幫它上天然漆了。」校長和尤欣、鄭葳伶、靜語等一起走過來。

梨文坐下。椅子有點小但大致舒適，只是椅背左邊好像有什麼東西凸出來，抵住她的心臟部位。背部無法和椅背貼合，還從接觸點生出一股熱能，擴散到整個背部——這也可能是她左挪右移摩擦生熱所導致。

梨文反手輕撫肩胛骨。轉頭看椅背，上面有個巴掌大的浮雕：一個陶壺中有顆鑲了一圈尖角光芒的小太陽。

「那個是他的簽名。」火哥指曾義昌。「就叫你不要用在那裡，把人家弄痛了齁。」

「小朋友寫功課的時候，背不會往後靠。」曾義昌辯解。黝黑的臉龐似乎有點泛紅，炯炯有神的雙眼現在沒有絲毫殺氣。「這給你墊。」他彎腰從工作檯下的置物架取出一件外套鋪在梨文的椅背上，拍拍自己厚實的肩背。「我們這種的都有自備椅墊。」

「那麼臭還敢拿給人家用。」火哥說。

「不會，謝謝。」梨文笑說。

不確定是國小快畢業還是剛上國中時，梨文曾經被康芸吵得逃出她們共用的房間，跑去爸媽房裡看書。爸爸書桌前的藤椅很寬大，可以讓她把腿盤上去放課本。她才坐了一會兒就直起身來回頭看——下背部剛才壓到老爸披在椅子上的鐵灰色毛衣外套大鈕扣。她把衣服整件拿起來扔到旁邊的雙人床上。那件衣服很久沒穿了，應該沒有什麼主人的氣味，而主人也好一陣子沒回來了。

校長的毛衣和父親的有點像，但色調更暖，毛線也比較粗，扣子小很多。四個扣子裡的第三個顏色和大小都與其他不同，位置也沒對齊。

校長察覺到梨文的目光，不好意思地笑了笑。

「自己縫的？」

校長笑得更開心。「兒子。」他額角和鬢邊的髮絲銀光閃爍，像染上夕陽餘暉的芒草尖。「太太要上班還要帶孩子，不好意思麻煩她。請女兒幫忙，她說這種事為什麼就要找女生。」

「還好兒子貼心。」尤欣說。

「他是被我強迫的。不怪他們。我平常都在忙學校的事，沒空顧家。我女兒有一次還說好像生在單親家庭。」

曾義昌鋸板子的聲音在旁邊響起，木屑紛紛飄落在靜語的布鞋上。她沒動。

「所以你家沒有濃濃的父愛氣息？」鄭葳伶開玩笑。

靜語抬腳把鞋面上的木屑甩落，部分灑在鄭葳伶的褲腳上，不過她似乎沒有注意到。

「我都跟家人洗腦：我們家已經過得很不錯了，要多分點愛給別人。」

「抱歉。」靜語說，示意鄭葳伶注意褲腳。

鄭葳伶將褲腿提起來抖了抖，不以為意。

校長和全星的訪客們來到緩丘盡頭，朝岬角前進。背後，樹林環繞的袋狀草地及盡頭的工坊建築越來越小、越來越遠。繞過藥用植物園所在的臨海草坡後，大家再次看到平和國小紅土跑道環繞著的操場。

先前空無一人的操場，現在有二十個國中年紀的孩子，男女各半，穿著五顏六色的便服，在略微修剪過的草地上隨著手提音響的樂聲赤腳起舞。參訪團隊接近時，孩子們邊舞邊揮手致意。

校長笑著揮手回應。「他們大部分是這裡畢業的，現在念日昇國中。回這裡練舞是要參加全國學生舞蹈大賽的縣內初選。」

梨文駐足拍照。

昱成跟著音樂哼唱起來：「Here we are, don't turn away now...We are the warriors that built this town...（我們來了，別轉身離去……我們是建造這個城鎮的戰士……）」

「怎麼不是排灣古調？」王科長問。

「他們參賽的組別是現代舞，不是民俗舞。」校長說。「舞步是他們自己編的，有運用一些排灣的傳統元素。」

校長和大部分訪客即將抵達跑道中段近司令台處，梨文在他們後方約十公尺處。舞者呈四縱列、每列五人。一個旋轉後，他們全面向海洋，背對來賓。梨文的視線穿過舞者，看到靜語傍著俯瞰太平洋的那排小葉南洋杉向前行，一臉漠然。

下一刻，舞者像在祈求什麼似的，向靜語的方向伸出雙臂。靜語駐足轉頭，從樹木間遙望海洋。

梨文當然不覺得她是要跳海，但那夾在兩株像是高大魚骨的小葉南洋杉間的身影，卻使她想要過去。才舉步，舞者們全轉過身來面向她。剛才往上斜舉的雙臂，現在在身體兩側水平展開，幾乎要碰到隔壁舞伴呈同樣姿勢的手。兩隻手間僅存巴掌寬的距離，不足以讓梨文通過。

等他們放下手，梨文才舉步往海邊走。

隊形此時再度變換，本來是女生前兩列、男生後兩列，現在女生往後、男生向前，形成男女交錯的三列。

梨文走到第三列，一個男生向她這裡側移。他和梨文差不多高，方頭大臉，汗水下閃亮著的深膚色像是曬乾後上了釉的小米穗，耳朵上方剃了斜斜地往後腦飄的兩道平行線，露出白得發亮的頭皮。

他左手插腰，右手越過自己的身體朝梨文的方向砍劈，手指幾乎碰上她的鼻尖。梨文往後一縮，頭卻轉過去正對舞者。他露齒一笑，但隨即收斂表情，舉起剛才幾乎碰到梨文的右手，身體順勢轉向另一側，和同時對著他轉過來的女舞伴相望。

梨文終於來到崖邊時，已不見靜語蹤影，只好沿著那排小葉南洋杉繼續往前。左前方一個男舞者本來面對著她，但一對上眼他就快速旋轉，黑 T 恤背上的那行英文，梨文只看清了 follow 這字。

越過這個身影，可以看到靜語脫離校長一行人的隊伍，朝十一點鐘方向前進。校長領著大多數參訪者繞過操場末端的足球門，步上濱海棧道。漆成橙紅色的棧道在臨海草坡的一片碧綠中格外顯眼。

靜語進入棧道左方的香蕉林。

走在兩排香蕉樹間，靜語一腳踩上一片巨大落葉，滑了一下。縱橫交錯的蕉葉像是上了蠟般光亮，有種人造的、彷彿塑膠的質感，但又像是巨鳥飛越後在潮濕鬆軟的泥地上留下的一地翠羽。

校長一行人從棧道步上分岔的小徑，來到盡頭的觀景台。

好美，尤欣、鄭葳伶、馮太太異口同聲說。

寬闊而平靜的碧藍海洋在眼前開展，近海處有白色輕紗般的浪。涂宏弼面色凝重地遙望濱海公路。公路邊坡停放著一輛吊車，路肩則有卡車。卡車上，兩名工人正把消波塊繫在吊車伸臂末端垂下的鋼索上。

吊車南方不到五十公尺處，矗立著一棟台式地中海風的藍白色旅館。

梨文進入香蕉林。

林中，香蕉樹粗略地成行成列種植著。變形蟲般的無數光斑從枝葉間投落泥地，交織成巨蛇般的蜿蜒光帶。

入口處地面還算平整，越往裡面走，就越發凌亂而密集地散落著黃綠葉片和紫花青果——某種橫屍遍野但大軍已撤的古戰場，有著鬃毛狀撕裂痕的碩大青色蕉葉是力竭倒斃的戰馬。

蕉林深處，靜語在一株倒臥的香蕉樹前駐足。這株樹個頭不大，莖幹棉軟，像把特大號的枯萎蔬菜，像鬆散的麻花辮般交織著的十幾片葉子有碧青，有檸黃，有枯褐，有土灰；一群膚色各異的人抵死纏綿，直至化為塵土的命運最終降臨。

靜語從口袋內掏出手機檢視，上面的訊息是：「可談。三點半，聚會所。」

濱海公路北上車道，距消波塊工程約兩百公尺的車陣中有輛黑色轎車，後座水藍色細直紋淺灰西裝的中年男子，腦袋狀若栗子，五官小而集中。他和司機都密切注意著吊車動靜。

吊車所在的彎道對一段距離外的北上駕駛造成錯覺，讓他們以為消波塊是橫越整個道路才來到海邊的。這意味著你駛經時，消波塊可能就在你的頭頂上；一個不巧突然掉下，你和車子就成為廢鐵和肉泥——這種事在台灣不是不可能發生，大家因此不約而同地減慢車速，形成數百公尺的壅塞。

觀景台上，幾個人看著繫在鋼索上的數噸重消波塊隨著吊臂的移動在空中緩緩航行。

「好屌！」站在父親身邊的宗皓說。

「別那麼說。」涂宏弼說。不清楚他反對的是不雅用詞，還是對飛行消波塊的稱讚。

「像便當裡的熱狗章魚。」宗皓說。

涂宏弼忍不住笑了。

吊臂上的橘色格網，遠看有點像蜻蜓翅膀，不過只有單邊而已。

靜語收起手機，跨越香蕉樹。她從眼角餘光瞥見梨文走過來，但直到對方來到倒地之樹後才回頭。

「你跟過來幹麼？」

「……我有對你做過什麼不好的事嗎？」梨文問。

靜語的表情整個凝滯了，臉上像是罩了個堅硬、濁白、半透明的面具。

觀景台上，大家看著海、吊車、消波塊與緩緩移動的車流。

「大家都開好慢。」宗皓說。

「那裡有個考驗。如果你是說謊的膽小鬼，消波塊就會掉下來砸在你頭上。」涂宏弼說。

「我不會被砸。」宗皓很有自信，他老爸苦笑。

「這些消波塊美其名是要補強堤岸，其實是要保護旁邊那棟新建的希望海度假村。」田校長說。

藍白色的地中海風旅館附近有幾塊灰鏡般的水田——校長說不久後就要消失無蹤，另外還有個頂端裸露的濁灰色水泥長方柱，像是個被打開後掏空內容物的罐頭——校長說那是廢棄的民宿。

從觀景台俯視，消波塊在空中行進的某瞬間，看似位於旅館正上方。那一刻，涂宏弼的目光特別銳利而集中，彷彿意念可以使數噸重的水泥塊砸在旅館鑲著藍色波浪邊的白色屋頂上。

消波塊繼續緩緩前進，什麼事也沒發生。

涂宏弼沒注意到身邊的宗皓瞥見了什麼而一溜煙離去，家珉也跟著。

林間光影繁複，人被切割成各種灰階的無數碎片，長長的垂枝陰影纏繞在靜語的脖子上。梨文有窒息感，靜語卻動也不動地站在那裡，陰影隨著風勢在她身上擺動，好像有個隱形人在她身上一圈一圈地跳著繩，梨文看得眼花撩亂。

梨文往前跨了一步，卻被什麼絆倒。單膝跪下，右手撐地。

一地香蕉葉間，東一顆西一顆地散落著橄欖球大小的雞心形紫色香蕉花，在林間的昏昧光線下，像一顆顆淤血的心臟，一滴滴巨大的凝結眼淚。

有隻手伸向梨文，她本能地想一把抓住，卻馬上覺得有什麼不對——那隻手雖然結實但尺寸有點小。

「這是什麼？」站在手的主人宗皓旁的家珉問。

「謝謝。」梨文對宗皓說，自己爬了起來。

「香蕉花。」靜語說。

「嚴格來說，是苞片。」梨文說。

「好大顆，酷！」宗皓說。

「為什麼都在地上？」家珉問。

靜語腳邊有把五根一束的幼小青蕉，旁邊是顆相對巨大的香蕉花。她輕輕一踢，香蕉花略微滾動，露出頂部剖面。鬱紫和暗紅的苞片以及依然潔白、稍微泛黃和已經發黑的小花構成了威尼斯慕拉諾百花玻璃般的繁複拼花。剖面平整得出奇，顯示花朵是被割下而非自然掉落的。

「香蕉要結果了，」梨文說。「農人怕花消耗養分，所以把它們割掉。」

或許是因為這些「廢棄物」，林中若有似無地飄蕩著一絲沁涼微酸的清香。朝露、花蜜與金屬雜糅而成的香調，甜美而冷酷。

孩子們似懂非懂地聽著，家珉看著靜語腳邊的那朵「花」，神色彷若哀憐。

香蕉樹的枝葉間懸垂著許多蕉串，大多套著藍色ＰＥ袋。少數蕉串裸露著，果軸上次第開展著一把把梳狀青果，像一座座碧玉寶塔。有些果軸底部因為花朵被切除而光禿禿的，深褐色的切口象徵著花與樹間曾經的聯繫。偶有一兩球香蕉花仍吊在果軸末端，上方透著陽光的蕉葉綠得油亮，陰影下的香蕉花則呈帶點銀灰的淺紫，微妙的光澤像是多層蜘蛛絲密密地交疊而成的。

「袋子裡是什麼？」家珉問。

「當然是香蕉啊。」宗皓說。

家珉的臉上還有著疑問，於是梨文從底部揭開一個套袋給他看。他沒說話，只是將目光投向前面那棵樹的又一個套袋。

他們幾個就這樣一路走一路掀套袋。靜語落在後面，有時駐足不動，有時面露輕微的厭煩。

來到第五棵香蕉樹時，一陣風將梨文掀開後又打算放下的藍色PE布罩在她頭上。在這臨時的藍色監獄中，她聽到了孩子們的笑聲。

「你變成藍色大頭鬼了！」宗皓說。「藍大頭！」

梨文掀起藍色PE布。「我叫周梨文，梨子的梨，作文的文。」

靜語恍若未聞。

「家珉！馮家珉，快出來！媽在找你啦！」家瑛的聲音從和蕉林小徑平行的濱海棧道上傳來。

家珉好像不怎麼想走，反而是不知何時開始扮演哥哥角色的宗皓拉著他離開。

消波塊成功堆置於岸邊。

載著淺灰西裝栗子頭中年男子的黑色轎車從消波塊工程與度假旅館前駛經。路旁的景致，男子一眼也沒看。

梨文想從塑膠袋底下鑽出來，一舉步整個人就被往後扯，像要被勾起來運到哪裡去，但其實是頭髮和果軸底部切除香蕉花後裂岔如枯爪的殘莖纏在一起了。

梨文試圖解開頭髮，靜語目光落在還耷拉在梨文頭頂的藍袋末端，忍不住伸手，但又馬上收回。

「為什麼那樣做？」語調冷硬。

「哪樣？」梨文問。把頭髮解開需要理由？喔，問的是更早的事。那又是哪件？

「這樣？」解開頭髮後，梨文把塑膠袋從腦袋上揭開。「小男生掀裙子看內褲的那種樂趣？」

靜語臉色一變。

多年前的某天下午，靜語和梨文一起上的那個國中，ㄇ字型四層高教學樓的二樓走廊上，一整班三四十個穿體育服的女生魚貫進入掛著「二年三班」牌子的教室。朝她們背後的ㄇ字開口遠望，可以看到操場上還有許多學生在那裡喧鬧地活動著。

過了一小段時間，四五個大概是因為幫忙收拾器材而晚歸的女生進入近滿的教室。

靜語是倒數第三個從後門進教室的。她逕自走向置物櫃，還沒抵達就知道有點不對勁了。離後門最遠的左方頂端那格，櫃門沒有完全關上。不是那種猶有餘裕的空隙，而是被什麼不屬於這裡的東西向外擠開的模樣。此外，還有什麼難以形容的氣味。

靜語一把拉開櫃門。左手開門，右手在門下方承接。東西沒有掉出來，只是往外傾斜了一點。粉紅色透明塑膠袋裹著的一大包圓鼓鼓垃圾，袋口朝內。她揪著袋尾把那包垃圾拖出來。袋子不知道是在這個過程中被櫃底的課本銳角劃破，還是早就破了。看似午餐廚餘的褐色黏液從櫃緣流淌而下，弄髒了下面那扇關得好好的櫃門。櫃子的主人吳秀碧從三公尺外的座位上走過來。她個子比靜語矮些，步伐遲緩而猶豫，身軀左搖右晃，彷彿隨時要撞到夾道的桌緣，眼裡透著對象不明的擔憂。

靜語一手拿垃圾袋，用另一手前臂的運動服長袖抹掉櫃門上的湯汁。

吳秀碧在一步之遙處站住，張嘴似乎想說什麼。

班上似乎一如往常：談笑的嘈雜聲、穿脫衣服的窸窣聲，但總覺得其中有種警戒和刻意，像是大家集體在演一齣再熟悉也不過的劇碼。靜語緊抿嘴角，怕自己笑出來。這不是一個班級，根本是個劇團。「我等一下拿布幫你擦。」她對吳秀碧說。

「不用麻煩了。」不知道她是不想麻煩靜語，還是不想讓自己感到麻煩。

無所謂。

靜語連肩膀都懶得聳一下。不用最好，她沒有多餘的罪惡感可以花在別人身上。她拎著垃圾往門口走，不管湯汁是否繼續流淌。到了門邊的垃圾桶前，從裡面挖出被捲成一團的制服。不用多看，是她的沒錯——恰巧朝上的白襯衫右胸上的深藍字樣也顯示出主人的身分。她把垃圾放回去，沒多花力氣把隨便綁起的袋口打開。不是她的工作。

她把襯衫、長褲、外套甩上肩頭，邊走出教室，邊一件件拿下來大力抖開，展開皺摺，抖掉一些從垃圾桶內壁沾上的髒汙。

有爽感。手臂伸展的強勁力道、把衣服甩出去時的呼嘯聲、瞬間揚起的一陣小小勁風，還有大家的自動退避，都帶來短暫的、虛假的愉悅。

靜語換著制服走進廁所。

她不像其他多數女生般直接在教室裡換，不是害羞，只是怕麻煩，雖然麻煩也從來不會因為你怕而不找上門。她上廁所不是沒有被反鎖大半節課直到路經的工友將她放出來的經驗，但現在已經很熟悉哪幾間是沒辦法從外反鎖的。就算要等個老半天她也不介意——雖然她一直不了解廁所為什麼要設計成可以讓人從外面上鎖，也許這是什麼人性實驗。

陸續有幾個女生從隔間走出。空出來的那幾間可以從外側上鎖，靜語都視而不見地經過。她走到無法反鎖但裡面有人的那間，靜候。

換回制服的靜語挽著運動服走出廁所。竊竊私語和間雜的幾聲輕笑隨著前進的腳步而來。

她行走在隱形的氣泡紙上，每一步都踩破幾個氣泡，每個氣泡都會以不同的形式釋放出一點惡意。她淋著一場永不止息的雨。這麼細小、這麼零星的雨滴，你以為根本不用撐傘，但每個針尖大小的雨滴都像熔岩般滾燙。想走進街邊的屋簷下躲雨，可是每一個屋簷都不歡迎你。

有股涼風從後方飄入了靜語的大腿內側，輕輕的、若有似無，像是翻書時從紙頁間飄出的。褲子的臀部有種左右分離、彷彿即將飛起的感覺，可是翅膀不會長在屁股上。不過說真的，如果能飛走，翅膀長在哪裡她都願意。

很久以後的某一天，靜語夢到屁股上長著翅膀的天使來迎接她，說要保護她。她瞧著天使的翅膀，說你應該飛不遠吧，怎麼保護我？天使沒有回答，好像很悲傷。這讓她覺得有點抱歉。

從靜語背後看過去，在只蓋到臀部上半截的外套下緣，深藍色長褲的臀溝下半截接縫綻開了，露出的內褲白得刺眼。如果近看，會發現裂縫處的一整排線頭都有著俐落的斷口。

靜語邊走邊將有垃圾汗漬的運動服上衣繫在腰間，頭也不回，腳步也未曾減緩。

風吹拂著蕉林，藍色PE袋被吹得緊貼袋裡的蕉串，透出曖昧的起伏輪廓。林間沉沉垂墜著一個又一個巨大而沉重的祕密，散發出一種肅殺之氣。

「剛才我掀開那些袋子時，有瞬間覺得裡面可能不是香蕉，而是什麼別的，」梨文說。「像是——人……」一具具以胎兒姿勢蜷縮著的屍體，形如塗鴉牆碎塊上那個兩眼打叉、雙臂交縛的木乃伊；某一場沒被記載在歷史上的戰爭遺跡。

靜語半垂著頭，目光向下。

雲朵遮蔽了陽光，林間的光線明顯地暗了下來。在這沉默的片刻中，梨文莫名心安，彷彿回到當年一起坐在補習班出口前的時光。「如果是人，我想知道他們是誰……」她喃喃說。

靜語立即抬頭。「別跟大家說我是誰。」

「……不要說你是我國中同學？」

靜語嗤之以鼻。「當然不是。」

梨文茫無頭緒。

「你知道我家情況吧——不可能會忘的。」

梨文環顧周遭，彷彿哪裡可以提供什麼線索。

微暗的香蕉林中，到處都是廢棄心臟般的紫色大花。在逐漸緩和的風勢下，蕉葉輕拂聲像是細碎的耳語。抬頭往上，看不到什麼陽光。如果看久一點，可以看到過往的黑暗。

梨文和靜語所上的那間國中補習班，晚間九點下課後過沒多久，教室裡只剩不到十個人還在座位上，大部分人已離開，還有十幾個正從樓梯口魚貫而下——這裡是流言蜚語散播的地方：也許是下課後嘴巴和腦袋都放鬆了，也許是考試與排名所帶來的壓力及挫折需要抒發，也許，只是人性的一部分。

八卦內容通常是誰和誰曖昧或在一起、誰來自什麼地方或是什麼出身、誰在學校裡是什麼樣子或又發生什麼事。八卦有時候極其私密、具體：某個又高又漂亮的女生天天吃避孕藥，不過她說那是婦產科醫生開給她調經用的；某個男生成績很好但常缺課，聽說他第十五對染色體有一小段重複還是遺失，但他除了大近視、很瘦和有點駝背外，外表沒什麼明顯問題——有人說那就是個性有問題囉？但他也只是不太跟人閒聊而已。

總之，進入黑暗狹窄的樓梯，大家相互挨擠著下樓，黑暗掩蓋了個人形貌，或許也進一步促發了內心的惡意。你看不清前後左右都是些什麼人，覺得別人也看不到你。被你談論的人可能就在你的頭頂，你的話語就像分泌著惡臭膿汁但卻無頭無身的一隻黑色翅膀，不是飛上去的，是被人的體溫與口臭蒸騰上去的。

那天晚上，梨文收好書包先下樓，靜語還在座位上。

快要到樓梯中段，不知是哪個女生跟她隔壁的女生說：「剛那是袁靜語。」

「誰？」

「袁長青的女兒。」

「哇喔。」某種無法以文字精確表達但意味深長的喉嚨音。

梨文抬頭往上看。靜語還在座位上收拾，桌上只剩一本筆記和一罐杏仁。她拿了一顆杏仁嗑成兩半，一半沒入口中，另一半夾在指間，有點像被打落的碎牙。她臉上沒什麼特殊表情，梨文覺得她應該沒聽到，就安心地繼續下樓。

之前梨文從來沒聽說過靜語的家世，知道後也沒什麼特別的想法。她聽過袁長青的名字，當時的台灣社會很少人不知道他是誰。

靜語點燃一根菸抽了起來。白色的煙圈蒙上她那被蕉葉陰影遮蔽大半的臉，描繪出一個崩解中的骷髏頭輪廓。煙霧散去後，那張臉看起來很陌生，除了顴骨上形如破碎島嶼的胎記。

「我爸現在是政務官。當年，大家只知道他是被判刑十五年的美麗島事件叛亂犯。我國二時，他已經在牢裡蹲了好幾年。父愛什麼的我從來不知道，我連個忙著工作沒空理家人的爸爸都沒有，倒是有一組情治人員整天盯著我；學校裡，大家也很——很『照顧』我。」

那麼冰冷的表情，那麼僵硬的唇線，叼著的菸卻是粉桃紅的，還鑲了不知該說俗豔還是華麗的兩圈細金環。菸身也不像某些以女性為訴求的淡菸或涼菸般細長，反而比一般的還要粗短。那是老師用來在黑板上沙沙作響地寫了一堆功課的粉筆。粉桃紅在黑板上不顯眼，被墨綠吞噬了大半，暗沉沉的好像帶有什麼負能量，啞掉了。

「對不起。」梨文只能這麼說。她不是不記得靜語的背景，而是打從一開始就沒在意。稍早興沖沖跑去相認時，要不是耽溺於在教室後方一角分享零食的回憶，就是下意識裡覺得政治犯女兒什麼的都已經是歷史了。袁長青服刑六年多後假釋出獄。解嚴後，先後當選民代、出任公職，從人人唾棄的政治犯，轉為新時代的當權者，彷彿經由某種形式的社會正義獲得了平反。

「整個成長過程中，政治犯女兒的標籤一直貼在我身上，人人避之唯恐不及，近幾年卻老是有人跑來跟我相認：跟監我的情治人員、八卦我家的鄰居、整我的同學、視而不見的老師，還有你這種——這種……」

「我——我只是想重溫一些自以為美好的過去，很抱歉沒有考慮到你的心情。」

「都一樣。你們這些人，不管過去怎樣，一旦事過境遷，就爭先恐後跑來告解。要我說什麼？沒關係，一切都已經過去了？」

梨文默默聆聽，臉頰冰涼涼地沾濕了。從天而降的眼淚，不是她的。正要抬頭，又一滴打在眉心——一顆冰冷的、柔軟的子彈——接著從鼻梁一路滑落到鼻尖。

在她頭上，沒套袋的一串青蕉像一座顛倒的寶塔懸垂著，下方吊掛著不知為何還沒割掉的碩大球狀紫花。薄霜籠罩般的暗紫外壁，有著像是無數道銀雨劃過所留下的垂直細紋。紋路所閃動的光芒，細得像針尖，亮得像碎鑽。

紫花上方有排發育中的嫩青蕉，每根約如手指大小，扁而平整，尾巴上拖著一小截末端萎縮、焦黑、捲曲的殘花——這才是香蕉的真花。這些嬌小的、正步向死亡的真花，少數還留著一點原先的白，大多已泛黃甚至轉褐——像琺瑯質酸蝕的牙齒，有些內側還泌出黏稠的濁液。

嫩青蕉上有兩瓣苞片高高揚起、邊緣翻捲，豔紅中帶有不少墨黑斑紋——石榴汁與鮮血混染後在炭火上隨意燻烤過的樣子。

一滴清露在右側頂瓣邊緣緩緩凝聚，陡然墜落。

梨文的目光隨之往下，周遭已經不見靜語身影。她原來站的地方有瓣內側朝上、黑斑點點的紫紅色苞片，像艘小船，裡面有截短短的白色圓柱是它孤獨的船夫。有瞬間梨文以為那是菸蒂而俯身拾起，但靜語剛才抽的菸明明是粉桃紅的，這只不過是香蕉樹的白色小雌花。苞片裡就這麼一朵，但周遭星星點點的滿地都是——打落一地的碎牙。碎牙間還有著一大瓣一大瓣的零散苞片，有的濕潤肥厚，色澤鮮亮，像滷豬耳朵；有的暗紫帶黑、略乾，細小的凹洞密布，像珊瑚化石；有的乾枯成泛白的淺褐，兩邊朝中央捲起，形成頭尾開放但基本上仍是幽暗封閉的甬道。

人生若只如初見。梨文一向討厭這句話，不想要一個停滯不前，沒有發展、挑戰與變遷的人生。現在卻不那麼確定了。如果沒去相認，青春期少數單純美好的回憶，就不會像眼前所見般，滿地殘片，撿也撿不齊，拼也拼不全，就算拼全了，又能做什麼呢？

4

長方型木靶上畫著一隻鬃毛直豎的山豬，身上各部位標示了1到8的分數，1是臀部，2是腹，3是肩……頸部細細的一圈是7，眼睛是8。灰褐色的身體上點綴著的斑斑血漬，顏色和形狀有點像踩爛了的杜鵑花瓣。

有什麼東西撞擊了一下2分的豬腹，隨即落下。

這裡是一座射箭場，五個木靶在前方一字排開。山豬靶特別大，位於正中央，右邊那個近乎正方形的靶上是低頭吃草的大角山羊頭像，灰藍色的陰影從牠的兩角根部間往額頭延伸，也從嘴角往雙耳擴散，像是某種刺青。

山羊右邊靠山最近的那個靶上是呈招財貓姿態的卡通版台灣黑熊，背後畫了棵聖誕樹，胸前的白V是兩支球棒組成的。熊靶後方堆著幾個稻草垛，旁邊是兩三株茂盛的榕樹。

山豬靶左邊是一頭佇立於曠野中的麋鹿，迷茫的眼神直視前方。碩大的雙角被畫得像朵鑲了許多柄彎刀的紅雲。

麋鹿靶左邊最靠入口的那個靶上貼了張普通靶紙，下面的草地上散置著幾把弓箭。有個小學低年級模樣的男孩子來撿拾剛才刺到豬腹後落在草地上的長矛，大圓眼又黑又亮，毛茸茸的短髮好像長得很健康的草皮。

梨文獨自步出香蕉林後環顧四周，看到伊恩站在斜對面的射箭場入口，就穿越馬路走了過去。伊恩看著梨文走進射箭場，似乎想說些什麼，但終究沒開口。

靶前二十多公尺處，一個身上的短袖短褲不合季節且汗漬斑斑的男孩接過長矛，開始瞄準。他的年紀和拾矛的大眼男孩差不多，但個子小很多。

個子比剛才那兩人高了約十公分的一個窄臉長眼同齡男孩，站得稍遠些觀看。

短袖男孩在助跑後振臂投擲。長矛在板子前一公尺處落地。

梨文在入口內側看著矛飛過去後，才繼續往裡面走。這裡的草地不太平整，大多泛黃，小塊小塊的翠綠像斑點一樣零星點綴。

窄臉的高個子男孩衝向靶前要拾矛，另外兩個男孩也跟著跑過去。

若面對著箭靶，射箭場右邊是蒼翠山巒，左邊是濱海草原，左前方是香蕉林，正前方是個高起的坡地，坡頂的平地上有幾棟木造建築。

射箭場臨草原那側設有看台，靠山側只有中間一小段有座加了頂蓋的休憩平台，前後都是架在水泥底座上的鐵絲網，網外蔓生的雜草間有幾間鐵皮屋。

射箭場前端，五個木靶豎立在一排草垛前。梨文在最右邊那個靶下面的草地上拾起一把弓，直起身後發現靶紙似乎因為淋過雨而綿軟起皺。圓心的紅色褪淡，外圍的五環間卻暈染著斑斑粉紅，像是曾被洗刷過但卻無法完全去除的血手印。

梨文漫無章法地試圖把弓拉開。她沒射過箭，現在其實也不是特別感興趣。只要能把香蕉林裡的事暫時忘掉，做什麼都好。

她把弦拉近耳邊，想要聆聽它的震顫，結果卻彈中了自己的耳殼。她摀著耳朵等待疼痛止息時，剛拾起矛的窄臉高個子男孩對她說：「你那樣用不對啦。」男孩丟下矛，把梨文手中的弓接過去示範正確動作。

另外兩個男孩也跑過來拾起草地上的其他弓箭。大眼男孩很快地搭箭拉弓，開始瞄準。小個子的短袖短褲男孩無法把弓順利拉開。比男孩高了兩個頭的竹弓是一輪空心半月。

梨文記得在康芸喜歡的一本奇幻小說中，弓的有節竹柄是先人遺骨，弦是先人遺髮。把骨與髮最大限度地撐開，可以讓小男孩輕巧地跨越到一個有別於當下的宇宙。

梨文上前想助孩子一臂之力，眼前卻出現在夜幕下簇擁著一個深橘紅人面陶壺的兩條百步蛇，綠底黑色菱形紋，邊緣鑲滿星星般的白色小圓點，舉頭迎向一輪不可能在夜空中出現的、有著六個衛星的蒼白六角形太陽。

這不是一個有別於當下的宇宙，是一個短小精悍男子黑背心上的排灣圖騰。

「都別玩了，客人來了。」約莫三四十歲的男子把小男孩手上直豎著的弓按倒，半月成為一艘在虛無之海中擺盪的幽靈小舟。

田校長與全星的訪客們來到了射箭場的門口。黑背心男子把孩子們手上的弓箭一一收走。

「男生跟古樂樂教練去射箭，女生跟我和校長一起去琉璃珠工作室。」靜語的聲音從門口傳來。

「為什麼？我也想射箭。」這是鄭葳伶。

梨文的腳像是生了根似的原地不動。

「女生不能碰箭，這是我們族裡的禁忌。」黑背心的古樂樂教練說。

「男生碰琉璃珠倒是沒問題。有興趣的男士請跟我來。」田校長笑著說。

「不射箭，在旁邊看沒問題吧。」梨文問。

靜語轉頭面向場外。梨文望向古樂樂，他沒說話，稍微低頭，不知道算不算是首肯。

他的黑色鴨舌帽頂有一輪碩大的同心圓太陽，看起來像是某種箭靶，只不過每一圈都由不同的色彩所構成，苔綠、鵝黃、磚紅、粉藍。太陽散發著紅白相間的十幾道光芒，每道光芒都是由十幾個紅色與白色的珠子交錯著構成的，這讓教練額頭上彷彿迸發著迷你煙火般的汗，摻了血的汗。

「那我留下來看弟弟射箭。」家瑛牽著家珉想往場內走。

古樂樂看了家珉一眼，他比短袖短褲的本地小男孩還要小一號。「他太小了不能射箭，力氣不夠會受傷。」

家瑛臉色一沉。

「你們都跟媽媽一起去玩琉璃珠。」馮國智和其他男性訪客一起走向場中。家珉回到母親身邊，神色開朗。

「今天行程比較趕，參觀為主，沒時間讓大家DIY。」校長在馮國智走後對周圍的女性訪客們說，接著和靜語一起帶大家步上射箭場左前方的上坡路。

射箭場中，宗皓和古樂樂教練一起站在距離箭靶二十公尺處，學習握弓、搭箭、拉弦。他們倆後面的草地上橫躺著一枝作為分隔線的長竹竿，全星的男性訪客及三位本地男孩都退到竿後。

梨文坐在靠山側的休憩平台上，附近有兩個本地女孩，綁馬尾那個約四五歲，穿著下襬露出一小截白色內搭的紫褐色上衣和紅綠菱格紋褲，四肢纖細，肚子圓凸，一對微凹杏眼大到快要占掉心型小臉的二分之一。八九歲的那個剪了斜劉海、髮長及肩，連衣裙式的上衣有著銀色亮緞的百褶裙下襬，牛仔褲下是一雙紅鞋，膚色是帶點灰的深金褐——龍眼蜜和潮濕的沙。

宗皓把箭拉到顴骨邊，接近太陽穴，古樂樂提醒他把箭拉到下巴處。大眼睛和短袖短褲的兩位男孩一直在旁密切地注意著。窄臉高個子的男孩則站在藍杰生後面，仰望他的金髮後腦。

古樂樂說可以放箭的時候，宗皓手一鬆，箭馬上無力地掉在腳邊。

馬尾小女孩來到和古樂樂只有一竿之隔的昱成後面，極力仰頭。她的視野中有一黑一藍兩件背心：簇擁著陶壺的一對百步蛇、彎刀狀的一簇銀星。最後，映現在她那雙大大的杏眼中的是後者。

夾雜著一大一小兩位男性的一群女人步上射箭場東北邊高起的平台，走向傍著小水潭的兩層樓高木屋。木屋四周花木扶疏，萬壽菊、馬纓丹、美人蕉、仙丹花、細葉合歡等都開了花。木屋的門上掛著木珠和琉璃珠串成的簾幔。土耳其藍、普魯士藍、淺貝殼粉的琉璃珠所拼出來的圖案，乍看之下像是百步蛇，再看卻更像是如意雲紋。門框左側鑲著一枚小小的木牌，寫著「如意工作室」。

射箭場中，紅鞋大女孩擠進全星的訪客群中，來到馬尾小女孩身邊，跟隨她的視線往上看。

竹竿前，宗皓的手指被箭刮出一小道傷口，滲了點血。涂宏弼上前查看，接過兒子手裡的弓箭。

大女孩踮起腳尖，舉手觸摸昱成背心上某顆銀星翹起的尖角。銀屑紛紛飄落，有一些沾在她手上。

涂宏弼將弓遞給昱成，自己則牽著兒子到一旁處理傷口。傳遞時有瞬間弓就在大女孩眼前，她用剛才摸銀星的手碰了一下，弓就被昱成接走，一絲銀粉留在弓上。昱成邁步跨越竹竿，馬尾小女孩的目光跟隨著那細微的閃亮移動，眨也不眨。

帶點藍的金色火焰在銀色噴燈上燃燒著。

有隻手將前端半熔的白色玻璃棒再度伸入火中。火焰轉為泛白的金黃，竄得老高。

「qkata 也就是琉璃珠，是我們排灣三寶之一，意思是美麗的果實。」校長的聲音在一旁響起。

玻璃棒在火焰中轉動，前端逐漸熔融。

「傳說中，排灣祖先捕捉各種蜻蜓，摘下牠們美麗的大眼睛，混在木灰裡，再用木臼覆蓋……」

從火焰的頂端往上一公尺，可以看到牆上有方投影銀幕。

畫面上，弓背細蟌身軀的柿紅，鮮豔得像是要燃燒起來，一小截枯葉和夕陽混溶的柔黃淺淺地鑲在透明翅膀的外側上緣。喙鋏晏蜓的翅膀是殘破的，像揉皺的塑膠袋；有著一節節黃斑的黑色尾巴高高翹起，晶瑩的藍綠色與黑色相間的渾圓頭部低垂著，像塊浸泡在水中的玉。三角蜻蜓停駐在像把綠劍的細長葉片上，伸展著兩對長長的網翼，金屬光澤的紫羅蘭色從胸腹兩側擴散開來，大大的鬱褐色複眼所望著的銀幕下方，是四張桌子拼成的工作區。三位中年婦女環桌工作，每個人的面前都有名牌：桌尾的方美月眉如彎月，頰有雀斑，穿著袖口和衣襟都繡著大片排灣圖騰的藍色傳統上衣，旁邊眼睛深凹、身材豐滿的郭翠霞在黑色上衣外繫著 Hello Kitty 圖案的粉紅圍裙。郭的對面是妝容亮麗、穿著披肩式大地色橫紋針織上衣的朱薏如，朱的右前方是站在銀幕邊解說的田校長。

這是個十幾坪大小的房間，靠內牆的是材料櫃，櫃頂堆放著十幾個漆成琉璃珠花樣的木頭方塊。後牆與有窗的外側牆前各有一排椅子。訪客們有的坐著，有的在工作區旁看燒製。靜語倚窗而立。

「……第二天掀開木臼，得到了晶瑩剔透、無比美麗的彩珠，那就是神賜予排灣族的禮物。」校長繼續說。

朱薏如拿著前端附著白色脫離劑的鋼棒，沾取火焰中融熔如淚的玻璃球，將之抽離玻璃棒後，繼續在火焰上旋轉了幾下，使它更為圓潤。

「琉璃珠蘊含豐富的象徵、古老的神話，承載著排灣族的歷史與文化，像是這個rosonagatou……」

銀幕上出現一顆霧白底色的珠子，兩端飾有藍黃橙條紋，中間有十字型排列的五個藍色小圓點。

「在我們排灣族的傳說裡，太陽以前離地很近，大家熱到受不了，就拿五粒米來煮開，產生熱氣，把太陽推向天空。」朱薏如說。「太陽離開地面時所掉的眼淚，就是rosonagatou。」

一陣歡呼聲從窗外傳來，靜語側身往外看。

下方不遠處的射箭場中，眾人簇擁著昱成鼓掌，和人群有點距離的梨文交抱著雙臂旁觀。昱成一手持弓，一手振臂。箭靶背對著工作室，看不到射中了什麼。

工作室最前端的桌面上，朱薏如將鋼棒上形狀修整過的琉璃珠再次送入火焰，另一手以纖細如髮的紅色琉璃棒在上面描繪出波浪紋。高溫下，紋路的色澤完全屬於汁液淋漓的內臟。

家珉不知何時來到正在串珠的郭翠霞身旁，兩隻小手搭上工作檯邊緣。那裡有個廣口玻璃瓶，裡面插著黑白黃綠紅藍等十幾束細玻璃棒，像是彩色的乾燥米粉。家珉踮起腳尖從上方俯視，看到的是散射著十幾道彩芒的大星星。他慢慢放下腳跟，平視廣口瓶，糖果色的煙火森林在眼前升起。他蹲低身子，從玻璃棒底下的空隙窺看被色彩割裂的天花板。

有雙粗大的手聚攏所有玻璃棒，把不同的顏色糅進彼此之間，然後突然鬆手，讓顏色雜糅在一起的幾百枝玻璃棒「嘩！」的一聲散開。家珉瞪大眼睛，笑了。

射箭場中，昱成回到和箭靶的距離已拉開為三十公尺的分界竹竿後，目前在前面學射箭的是藍杰生。

「你剛才那箭射得真準。練過？」梨文問昱成。

「沒有，倒是以前碩班時玩過草原帝國，用弓兵遠攻定點，咻咻咻直接射死一票人，超爽——」

「夠了。」

「不過古代弓箭手力量要很大，不然根本拉不滿弓——」

「拉滿弓是基本的，重點是要穩定，要有專注力。」古樂樂在藍杰生自行調整姿勢時回過頭來說。「而且拉弓不能光憑力氣，要有技巧。」

「在草原帝國的系統裡，力量值一定要夠才能拉弓，不然會被罰點。」昱成說，接著問另一側的伊恩：「玩過沒？」

伊恩搖頭。「那是什麼？」

「一款即時策略遊戲。玩家選一個游牧民族去橫掃歐亞、建立帝國。裡面有斯基泰、匈奴、突厥、蒙古、安息這些可以選。我用安息人玩得很過癮，他們擅長騎射，征服西亞以後，一直向西擴張，後來和羅馬人交戰於幼發拉底河。有一次我們被宰得很慘，因為弓騎手追求高機動力，盔甲穿很少、甚至不穿，不利肉搏戰，一旦被拋下馬，只能任人宰割……」昱成滔滔不絕地說著，窄臉高個子的那位本地男孩不知何時來到他斜後方，仰著臉好像聽得很專心。大眼睛的那位離這裡有段距離，不時用銳利的目光看他們。

藍杰生試射完畢向後走，昱成對他說：「We're talking about The Empire of the Steppes!（我們在談草原帝國！）」藍杰生微笑。昱成轉而對伊恩和梨文說：「草原帝國是鷹眼工作室出的，Jason 是鷹眼創始人之一。後來他們被全星併購……」

竹竿前，正準備射箭的涂宏弼似乎往這裡斜瞄了一眼。

大眼睛的男孩在上面架著鐵絲網的水泥底座上坐下，左手擱在膝蓋上，右手持著不知哪裡撿來的一根竹杖，姿態像是個睿智的長老，但微蹙雙眉下的明亮大眼有些焦慮的望著場中。離他不遠處，短袖短褲的小個子男孩抓住休憩平台後方的木質橫槓開始做引體上升，紅鞋大女孩也不甘示弱似地抓住旁邊鐵絲網頂端的金屬桿，把大半個身子提上去後放手，用腹部當支點把身體對折，上半身倒掛在網外，下半身垂落在網內。掀翻的銀裙和懸空的紅鞋隔網相對，像是某種兩翼不對稱的垂死蝴蝶，或是飛行中途斷線墜落的風箏。

馬尾小女孩在鐵絲網前舉起一枝隱形的矛，往前方群靶的方向一次又一次地投擲著。

昱成用手機給梨文和伊恩看草原帝國的短片，窄臉的高個子男孩也伸長了脖子想看。

畫面上的地景正中央是一條寬闊而蜿蜒的河，水色非常人工，是帶點墨色的寶藍。水裡長著不知名的、看起來像巨大蘆筍頭的植物，河面上飄著一些枯枝，還有形狀不規則的斑斑土黃，不知道是泥濁的波光，品種不名的生物，還是陣亡士兵被鱷魚咬裂的屍塊。

透過鐵絲網，倒掛著的紅鞋女孩看到一輛黑色轎車疾馳至射箭場門口，戛然煞停。

車一停好，司機就迅速下車為後座開門，讓額頭寬廣、眉毛稀疏、栗子腦袋的淺灰西裝中年男子從容下車。當然，在女孩眼中，這一切都是顛倒的。

「你用虎口這樣推住握弓處，手和前臂要形成一直線。」古樂樂指導涂宏弼。

草原帝國的短片裡，河左岸的如茵綠地上，藍衣銀甲的士兵也搭箭拉弓，嚴陣以待，等著對岸不知何時會出現的敵軍。鮮豔的紅色旗幟隨風飄揚，上面似乎有兩朵垂頭喪氣的金色鬱金香，仔細一看，那其實是隻雙頭鷹。

影片傳出旁白，渾厚的壯年男聲說：「Can you build a small settlement into a thriving city? Do you wish for the power of an entire army at your command?（你能把一個小聚落建造成繁榮的城市嗎？你想要擁有統御軍隊的力量嗎？）」

淺灰西裝的中年男子才剛踏入射箭場走了兩步，一枝強勁的箭就乘著風咻的一聲掠過眼前，斜擦過麋鹿靶後朝旁邊那張像是染著幾個血手印的靶紙飛過去，還沒碰到就掉了下來。

麋鹿顫抖了一下，眼神依然迷茫。

男子停步。射箭的涂宏弼和旁邊的古樂樂似乎都不以為意，只是向來者瞄了一眼，眼神不知該說是冷淡還是平靜。

坐在臨草原那側看台上的魏總立刻站起來。「簡副縣長，歡迎歡迎！感謝您百忙中抽空前來！」

簡副縣長在魏總的陪同下走入場中，昱成、伊恩、王科長和張院長等都迎上前去。

「不好意思！不好意思！縣府有些事情耽擱了。縣長他很想來，但實在走不開。」簡副縣長說。

涂宏弼扯動嘴角，似笑非笑。

梨文看到了那個表情，她認為那的確是一個笑容，也自認為知道他在笑什麼。於是她也笑了，不是開心的笑。

頭綁白布條、身穿族服或便服的數十人聚集在縣府大樓前。前排七八人將寫著「縣府包庇財團 獵殺傳統領域」潦草黑字的白布條展開。他們身後的大樓正門橫梁上，「台東縣政府」五個大字金光閃閃，梁下四支圓柱之間懸掛著橫幅：飄搖著幾絲松綠細紋的大片海藍和小片玉青中，是大大的「台東南島文化祭」字樣，邊緣裝飾著既像百步蛇側身紋又像連綿山脈的白色三角紋。

抗議布條旁，四十多歲但已滿頭白髮的許良正穿著有點泛黃的白色薄夾克，手持麥克風大聲疾呼。

縣府辦公室內，簡政煌在辦公桌後接受記者專訪。他的兩手擱在寬大辦公桌的木質桌面上，十指交握，兩隻拇指在他說話時不停的相互摩挲。他身後的牆上有塊匾額，寫著：「敬畏民意 勤政廉能」。

「縣府並未那個——圖利廠商、包庇業者。東海岸守護聯盟許良正等人的指控不是事實。實施環評須達一定標準，希望海度假村的開發面積並未達到。而且——而且業者已聘請相關技師進行調查，確認這個開發行為對環境並無不良影響……」

「這是我的新名片。」簡副縣長將名片分發給眾人。

「簡政煌簡副縣長才剛從祕書長轉任副縣長不久。」魏總幫忙說明。

「這名片好特別。」昱成說。在他掌心的名片上，彩色的縣府標誌與黑色楷體的職銜及聯絡方式之間，有許多雖然看不懂但似乎一定蘊含著某種神祕秩序的細密小孔。對著名片看，它們就像是無數黑色的小眼睛。從名片背後迎光往外看，有片刻會以為那是通往許多美麗新世界的甬道群。

「這是考慮到視障同胞需求、特別製作的點字名片。」簡副縣長一面說，一面將名片遞向結束試射、回到竹竿後的涂宏弼，他看了一眼但沒拿，簡副縣長微僵，梨文伸手接下。

「啊！是你。」簡政煌說。「好久不見，《潮聲》的各位都好嗎？」

「大家都還在努力，無論怎樣都希望能堅持初心。」

簡政煌點頭微笑，但臉色似乎比剛才涂宏弼拒收名片時還要難看一點。

約兩年前，某個天氣還不錯、看得到星星的夜晚，《潮聲》雜誌一行十多人陸續步上花蓮某家濱海餐廳的木造露台上。有人將一小疊文件擺在眾多石刻或木雕擺飾所環繞著的一張長木桌上，頂端那份的封面印著：「第三十七期擴大編輯會議」。總編說因為雜誌叫潮聲，每年一定要在海邊開一次聽潮會議，以示莫忘初衷。

大家紛紛入座，晚進來的嘉琦不知該坐哪，呆站在桌邊。梨文叫她放輕鬆，隨便坐，反正只是藉開會之名，行吃喝之實。後來又陸續來了幾個人，長桌座位不夠，總編就吆喝老人往前坐，讓年輕人多交流，接著和簡政煌、梨文、池如淵一起走進露台前方那一小片面海的草地。那裡有三組雕花鑄鐵桌椅，左邊那桌放了一兩碟小菜和一壺冰飲，中央有杯懸浮著幾顆小貝殼和海草的果凍蠟燭搖曳著微弱的光芒。他們在此入座。

「要不是你們繼續聘我當編輯顧問，我現在就是個徹頭徹尾的無業遊民。」簡政煌說。

「你大學教得好好的，為什麼要辭？」總編問。

「不該去學務處兼行政職的。看到一堆大學教授為五毛一塊的資源爭得臉紅脖子粗，甚至差點大打出手，一天比一天覺得噁心。」

「那你接下來——？」池如淵問。

「這陣子先在老婆大人的獸醫診所當小幫手，再去民間組織就職，最好是公益導向的……」

梨文的眼光投向他擱在桌面上的左前臂，反折到肘邊的袖口下裸露出的肌膚上有著兩三條泛紅的長長抓痕。「工傷？」

「昨晚幫忙按住一隻拉布拉多犬讓宜慧打針，結果被抓傷了。」他撫著手臂笑得很開心，燭焰的光影在他臉上輕快地跳躍著。

射箭場內，本來側對著梨文的簡政煌現在背向她往前走，遠離了。

今天走到哪似乎都不太受歡迎，梨文想，身上非自願地揹著別人不想面對的過去。

她望向東北方高起的台地上一棟兩層高的木造建築。

在那棟其實是琉璃珠工作室的木造建築一樓中，馮家母子三人環繞在郭翠霞的座位旁。她手邊有個長方形的銀色淺盤，裡面鋪滿白粉，插了四五枝長長的鋼棒，每枝的尾端都高高翹起於盤緣。

郭翠霞拎起一枝前端串著珠子的鋼棒展示。「琉璃珠燒好以後，我們都把它放在這個耐熱土裡，冷卻以後再拿出來。」她換了枝前端只塗著白粉的。「前面這個白白的是脫離劑——我們自己用陶土和滑石粉加水調製的喔。這些都是我們蕙如老師教的。老師很厲害，什麼都知道。」

「老師的手藝是在部落裡向長輩學習的嗎？」向朱蕙如發問的人是馮太太。鄭葳伶有點驚訝地從對面看過來，彷彿第一次察覺到她的存在，或是突然發現她是個有血有肉的人。靜語從斜後方望過去，看到馮太太兩手緊抓著擱在小腹前的粉橘色軟皮手提包，一手緊握提把，另一手的三隻手指深深陷入開口下方的皺摺裡，像是在接受指紋掃描。

「是在台北學的。」朱蕙如說。「我從這裡的高中畢業後就北上工作，在觀光飯店的藝品部裡擺設琉璃珠時，覺得真是好漂亮——我們的琉璃珠。我先去社大的工藝班上課，再參加原民會的人才培訓。後來自己開工作室，還拿到政府的工藝師認證。」

朱薏如邊說邊從自己桌上的冷卻盤中取出一枝鋼棒。家珉睜圓了眼睛趴在桌邊看，棒子前端串著一顆繪有乳白色波浪紋的半透明淡藍色珠子。家瑛也來到弟弟身後探頭看。

靜語默默地往後退了兩步，除了給姊弟倆讓出點空間，還可以離冷卻盤遠一點——她總覺得那像是火化後盛裝亡者骨灰供親人撿拾的盤子。

當年外婆在殯儀館中火化後，她曾經陪同母親和幾位阿姨舅舅們去撿骨。面對至親遺骨，大家只是平靜地審視著，淚水或許都在先前的告別式流盡了。大家也可能是看透了死亡的本質：銀盤上的碎骨和那個與你緊密相連了大半輩子的人，已經沒有多大關係了。

她和外婆不很親，也許是父親出事後直到外婆過世前的這些年，母親為了避免帶給娘家困擾而幾乎不帶她返鄉探親所致。她本來擔心看到外婆遺骨，自己可能不是難過而是害怕，但大火燒烤後的骨頭輕薄易碎、潔白而純淨，帶有一絲輕微的寂寥，像是那些沒人撿的貝殼碎片，在沙灘上曝曬到發白，逐漸被潮水與礫石磨平紋路。死去的人從來不醜陋或是可怕，令人厭惡或畏懼的，一直都是活生生的人。

朱薏如旋轉鋼棒上的乳白條紋淡藍色琉璃珠，想把它拿下來，白色的脫離劑粉末，紛紛地飄落在工作檯上。琉璃和鋼棒摩擦，發出刺耳的吱嘎聲。家珉掩住兩耳，從工作檯邊直起身來。

「……薏如真的很有天分，有一次作品還入選年度工藝展。」田校長的嗓音溫潤而飽滿，像是帶有暖意、平緩起伏的潮水，無論什麼時候聽到，似乎都能讓人覺得安心。「那時候我帶學校的小朋友去台北看，她還親自幫我們導覽。我問她能不能讓小朋友去工作室參觀，她說工作室租約到期，現在正在打包，很亂——」

「我那時候最大的問題其實是創作碰到瓶頸。除了參展那些，其他作品我都不想再讓人看到了。之前走的是日本和風和歐美裝飾藝術風，只有參展那幾件比較有原民味，但也不怎麼排灣。做久了覺得好像都在抄襲和模仿，找不到自己的特色。市場也有點飽和了，講白點就是東西賣不太出去……」朱薏如說。藍色琉璃珠終於脫離鋼棒，靜靜地擱在工作檯上。她從冷卻盤中取出另一枝鋼棒，上面串的是一截肥而短的琥珀色圓柱，酒紅色的飄羽間夾雜著蜜柑色的淚滴。

「那時候我就趁機問她要不要回部落，學校裡有空間可以暫時借給她當工作室

——」

「校長跟我說，家鄉會給我很多靈感，我還可以訓練媽媽們當助手，讓她們有機會培養一技之長，然後我們這麼優美的排灣文化也可以重新被大家看見。」朱薏如望向方美月和郭翠霞，她們露出或羞赧或燦爛的笑容。

琥珀色的珠子也脫離鋼棒後，朱薏如將剛才那個乳白花紋的藍色珠子一起放進手心，遞向離她最近的家珉，他瞪大眼睛瞧了一下，拿了藍色那個。朱薏如笑了，方美月說底迪好乖。

琥珀色的珠子還留在朱薏如攤開來的掌心中。

靜語輕推家瑛，她才往前一步就站住，面露彆扭之色。她看了珠子一眼後望向母親，但母親沒有注意到——她自己也在看那顆琥珀色琉璃珠。

靜語伸長手臂越過家瑛，從朱薏如手中接過珠子，塞進家瑛手中，家瑛立刻跑到母親身邊把珠子遞給她。馮太太將珠子舉到眼前專注地看著，臉上流露出今日首見的欣賞和喜悅。

珠子的確很美，但在某種光線下，靜語在飄羽的酒紅裡看到些許青灰，像是自己頰上胎記的顏色。更精確的來說，是激動、喝酒或運動後，臉頰漲紅時胎記的顏色。

從很小的時候起，她就察覺到別人有意無意掃過她臉頰的目光了。那些目光有的稍微逗留，有的很快移開，有的去而復返。剛開始時，她總會在周遭環境中尋找鏡子或是具反射能力的光滑表面，結果每次看到的都是同一張臉，一張有著青灰色破碎島嶼胎記的臉。

臉頰漲紅時，胎記也跟著多了點血色，鮮明得好像要浮出來，本來就破碎的形狀顯得更為扭曲。比起島嶼，更像是在腐肉上蠕動的數條蛆蟲。無論是哪種，在旁人眼光中，可能都是需要去除的。她自己倒是不在乎，也許是因為國高中時常遭受無謂苛待，有時候反而高興臉上有什麼可以持續挑戰別人的神經。

朱薏如打開噴燈，把一顆素面白珠送入火焰，不知為何看了靜語一眼。她將眼光投向窗外，俯瞰不遠處的射箭場。

那個不知哪冒出來、根本不算是同學的女性身影在一群男人中格外鮮明——或是刺眼。不知道她一個女人在那裡做什麼？試探別人族群的禁忌底線？還是她在香蕉林中終於聽懂靜語一直想表達的：能滾多遠就滾多遠？也許驅使她的其實是本能：追逐權力者、貼近優勢性別。從她那待在群體核心旁卻又保留移動空間的行徑來看，同樣發揮作用的本能還有趨吉避凶。這是那種會把自己保護得好好的、一輩子不出什麼大問題的所謂明哲保身者吧。

當然，有好機會她是絕對不會錯過的。簡政煌一來她就湊過去，差點擠開涂宏弼。現在人家跟她拉開距離，她卻還是死盯著對方背影，好像一看準時機就會再度撲上去。

一想到之前那個女人就是用這副虎視眈眈的模樣看著自己，靜語就一陣惡寒，但是該做的事還是要做。她在手機上輸入訊息：「縣長沒來，是否留在部落廣場即可？」

「……我常覺得，校長如果去做生意，一定會賺大錢，尤其是做直銷。」朱薏如說。「總之，他開出的支票都有兌現。我也很感謝全星的幫忙，除了架網站，還有袁小姐——原民會委託你們辦的文創講堂，真的讓我學到很多，像是怎麼建立個人風格、創造品牌……謝謝你一直邀我去參加。」她向靜語點頭致意，靜語收起手機，扯開嘴角露出一個像是笑容的表情。其實之前在漂流木工坊就經歷過一次了，但她就是不習慣接受表揚，心裡總有那麼一小塊角落覺得自己不配接受別人的好意，或是別人的好意不是真心的，儘管事實並非如此。

噴燈上細長的火焰裡，朱薏如正將黑色的玻璃細絲纏繞在白色圓珠上。

家珉趴在桌邊歪著腦袋看，離噴燈越來越近。靜語上前。有瞬間火焰突然竄高，靜語的手立即垂落在家珉的眉眼間，遮蔽了部分焰光。

「家珉你別靠那麼近，眼睛會壞掉。」馮太太說，但家珉沒動。尤欣把架在自己腦袋上的太陽眼鏡取下來給他戴上。過大的眼鏡滑落到家珉鼻尖，變成黑蝴蝶形狀的口罩。大家都笑了，除了家珉自己。

「最需要護目鏡的是設計師們吧！」鄭葳伶說。

馮太太打開粉橘色皮包在裡面翻找。

「其實校長有給我們啦！」郭翠霞笑說。

「但是她們都不戴。」校長說。馮太太默默地把剛拿出來的墨鏡又放回去。

「就不習慣啊。」郭翠霞說。

「我呢，想用自己的眼睛看琉璃真正的顏色。」朱薏如頭也不抬地說。

靜語的目光落在工作檯上一個裝著五顏六色琉璃珠的透明小圓碟上。稍微變換角度，同樣的珠子就映現出不同色彩。

在一樓舉行的簡報告一段落後，朱薏如帶大家步上作品展示區與來賓手作坊所在的二樓。展示區是迷宮迴廊般的多層次空間，連綿曲折地展開的牆面展示著各種琉璃珠作品。鄭葳伶在一對樹脂材質的仿鹿角前駐足。一串由十幾條小米珠構成的 Y 字項鍊從鹿角最前端的分岔處垂落。項鍊上，長短不一的白、黑、琥珀金色塊持續交替，看起來既冷豔時髦，又有點像排灣文化中象徵高貴身分的熊鷹羽。Y字中心是個小米珠菱形陣，遠看像鷹的一隻黑仁金睛：眼線般的黑框環繞彷彿蒙塵的赤金色瞳孔；暗黑的瞳仁外緣是有膨脹感的亮橘，好像在宇宙深處所點亮的一圈火苗，即將熊熊燃燒。

迴廊較寬敞處的牆前設有帶點波浪弧的玻璃展示櫃。眾多賓客聚集時，方美月打開櫃內照明，製造出一道金色長浪，浪裡浮游著手機殼、手機吊飾、耳機防塵塞、名片盒、零錢包、項鍊、戒指、耳環、手環、胸針、髮飾等配件。

朱薏如把馮太太盯著看了好一會兒的一枚胸針取出來遞給她。胸針中央的那顆珠子很大，扁圓形，具透明感的黑巧克力色，表面有乳白色小圓點，裡面浮動著霧金色羽狀紋，像是雪花靜靜地落在底部潛游著幾道金沙河的黑湖。

「好美。」馮太太說。「我很喜歡。」

「謝謝你。」朱薏如說。「這批作品在你們早上開會的那間飯店展售過。好幾個客人跟我說，作品很好看，可是沒有排灣族風味，不想買。」

「好可惜。這樣有影響你創作嗎？」

「我剛回到部落時，有一陣子大量採用排灣元素，最近比較想用簡單的線條和色彩去表現出：真正的家鄉，其實在這裡。」朱薏如輕拍左胸。

迴廊深處一個頂上呈圓拱形的穴狀空間傳出稚嫩的驚歎聲。

馮家小姊弟攜手站在一個角落，嘴巴開開地往上看。他們的腦袋上方有幾把用釣魚線斜斜地懸在半空中的雨傘，傘布的顏色是排灣傳統服裝常見的那種藏青，上面綴著的點點碎雨都是米粒大小的霧白色琉璃珠，有幾串沿著傘的珠尾垂落，其中一串像是要落入家珉張開的嘴巴中。

他們腳邊的長方形花盆中有幾株茂盛的盆栽，綠葉上的繽紛露珠是流光溢彩的琉璃珠。有盆葉片狹長筆直有如薄刃的，葉尖各自擎舉著一顆色彩花紋各異的琉璃珠。有顆是隱含墨色的石榴紅，彷彿這片葉子曾經刺入某具活生生的肉體，留下不知為何乾不了的血珠。另外有盆掌狀複葉的，最大的一片葉子中央聚集了最密最多的珠子，像是有人對你攤開綠色的掌心，想給你一捧珠寶般的糖果。

家珉不自覺地伸手。

「不要摸！」家瑛說。「爺爺他們在看你呢。」

家珉抬眼往上，一看到側牆上液晶螢幕的畫面就倒抽一口氣，眼睛都要翻白了。細長、尖銳、泛黃的枯爪，好像要攫取什麼似的對他張開。鏡頭往後一拉，才發現那其實是排灣長者額上十幾支獸牙集結成的太陽狀頭飾。

螢幕上慢速播放的畫面主要是在介紹琉璃珠的圖案及文化意涵，其間並穿插排灣族人生活中實際配戴的照片，尤其是在祭典或婚禮等盛大場合。家珉所看到的畫面全景中，中間是配戴獸牙頭飾的六七十歲爺爺，左邊是個頭嬌小的七八十歲婆婆，右邊是二十多歲的女子。女子頭巾上橙綠織錦捆紮著一束束短而尖的獸牙，或許因為旁邊是兩位長者，她神色有些拘謹。爺爺腰上繫著刀，右手握刀把、左手扶刀身，表情嚴肅，但顴骨上揚，呈一字型的緊抿嘴唇兩端微勾，好像極力隱藏著笑意。婆婆的圓眼小而晶亮，眉頭扭擰，唇線呈下垂圓弧，比爺爺更像是神色不悅。她額上獸牙與琉璃珠裝飾的頭巾在兩側太陽穴上方各插著一枝長長的熊鷹羽，看起來威風凜凜。鷹羽根部鑲了一小叢雪白蓬鬆的短羽，把婆婆的臉籠罩在一種近乎夢幻的光暈下，讓她像是個天真爛漫的少女。家瑛著迷地看著，神情近乎嚮往。

「小朋友。」家珉看到同類，神色緩和下來。

新畫面上是和他差不多年紀的一男一女兩個排灣兒童。女孩鼓著小臉嘟著嘴，舉手調整頭上位置有點歪斜的萬壽菊和腎蕨編成的橙綠花環。男孩金褐色的臉頰豐潤飽滿，帽型的藍白頭巾下緣，藏青色的波紋在紅霞底色上掀騰如浪，一整排銀色小圓片在下方閃閃發亮。

靜語不知何時靜悄悄來到家珉身邊，舉起手來在觸控螢幕上滑動，將畫面放大、移動，聚焦於男孩脖子上四條一串的琉璃珠套鏈。除了胸口正上方那四分之一圈五色斑斕、花紋繁複，套鏈其他部分是由淺橙、青綠、嫩黃、水紅等水果冰淇淋色由上而下層層連綴。家珉瞪大眼睛，嘴巴再度張開。靜語微笑。馮太太在斜後方看著。

「喀拉……喀拉喀拉……喀拉……」

家瑛在離弟弟兩步之遙處，低頭撥弄著一個有她腦袋兩倍大的算盤。巨型的木框裡，四枝金屬桿上串著數目不等、形色各異的琉璃珠：粉藍色的扁圓珠，丁香紫的方珠，布丁黃的橢圓珠，芋頭灰的心形珠……

靜語來到家瑛身邊蹲下來，看不出要怎麼進位，但家瑛還是很專心地撥弄珠子，進行著只有她可以理解的計算，沒注意到旁邊某個幽暗角落裡有個藤編的淺籃，裡面淩亂地鋪著厚厚的松針，幾個大小不一但是特別美麗的琉璃蛋藏在裡面。

在家瑛另一邊，馮太太來到螢幕正前方兩公尺處一個半人高的白色圓柱形小木檯前。檯上有塊厚厚的木頭砧板，堆放著陶土、木頭、琉璃或繩編的迷你食材：柳葉魚、小南瓜、小茄子、小蝦、小章魚、小蘿蔔、小蘋果、小番茄。

螢幕上目前是祭典中大家交叉牽手圍圈跳舞的畫面。器樂前奏後，族語歌聲隨之揚起。馮太太聞聲抬頭。新畫面中的三個中年婦女盛裝華服，渾身密密麻麻地妝點著珠飾和刺繡。下一張照片中的兩位婦女卻意外簡樸，左邊那個皮膚白皙，鼻梁窄挺，眉毛染成巧克力棕，眉頭那裡有一道斜斜的無毛白痕，不曉得是剃的還是天生的。她的眉宇間有些什麼和目前在金色長浪般的玻璃櫃後向尤欣與鄭葳伶展示飾品的朱薏如有點神似。

馮太太繞過圓柱型小木檯，來到螢幕前一公尺處細看眉頭有白痕的女子。她頭戴羊齒草與紅蝴蝶花環，頸上三圈一組的琉璃珠鍊多為單色珠。形似耳機繞線器、通常是用來作間隔柱的白色骨狀珠，在這裡多得像是主角。旁邊那位和她交叉牽手的女子，皮膚略黃，有點蓬亂的頭髮上鬆垮垮地套著黃水茄和角桐草花環。黃水茄不都是純粹亮黃，有幾顆是青綠中帶點泛白的黃，還有幾顆甚至完全是青的，由於已經脫離植株，帶來的是發育不良而非正在成長的感覺。至於角桐草的長橢圓披針葉片，一方面數量太多，把黃水茄遮了大半，另一方面是葉片大多綿軟萎爛，病懨懨地垂落，有幾片甚至遮到女子眼睛。儘管如此，她還是笑得很燦爛。在她臉上所看不清的眼睛，衣服上倒是很多。橘黃色的上衣很素，只有領口那裡有一圈蜻蜓眼睛花紋，三四十個土耳其藍的大眼睛炯炯有神。

馮太太把手舉到觸控螢幕上，輕輕揮動，一個選單出現在左下角。隨便點選後，出現的是全黑的畫面。她有點慌地往四周看，想找人幫忙，但是大家都在做自己的事，她於是舉手試圖再次召喚選單。暗紅色線條此時在螢幕右下角浮現，緩緩向左延伸，一路把由下而上、從右到左次第浮現的白色方塊連結起來、層層架構，在一個大方框裡構成位階分明的關係圖。那些白色方塊像是眉頭有白痕的女子項鍊上間隔柱躺平的樣子，只不過多了密密麻麻的黑色文字。馮太太瞇眼閱讀。最頂端的那個裡面寫著 mamazangilan（頭目）。

旁白悠悠傳出：「排灣族並不是一個人人平等的社會，而是有嚴格的階級制度，大致上分為頭目、貴族、士、平民四個階級⋯⋯」

圖表所顯示的更為複雜，頭目階層中，還有大頭目、二頭目、三頭目、地方性遠親小頭目、地方性姻親小頭目的子系統。馮太太面露困惑之色。

剛過來的靜語在旁邊看邊皺眉。這裡她是第一次來。以前和朱薏如來往較頻繁時，工作室還設在校園內。這段動畫應該是昱成以前在軟體開發處時的團隊製作的，他們是把自己對社會階層的認知直接套在了人家的文化上吧，這分認知搞不好還是來自電玩。

旁白持續著：「頭目與貴族也享有裝飾上的特權，例如熊鷹羽毛、琉璃珠以及人頭紋、百步蛇紋等特殊圖案只有他們可以使用。」

畫面上，長老穿著對襟圓領黑色上衣，腰間繫著兩把刀，下方有個繡了一對百步蛇的紅絨揹袋。上衣兩襟上有著白色貝殼鑲邊的寬飾帶，帶上左右兩邊共有八對十六個碩大的珠繡人頭紋，每個人頭頂都有著六道向上直豎的髮辮，每根辮子除了根部是綠色與黃色的珠子，其餘都是橘紅色的。在過來依偎在母親身邊的家珉眼中，髮辮像是倒過來的紅蘿蔔。爺爺胸上有九十六根紅蘿蔔，簡直是兔子的天堂。

馮太太想把畫面放大、移動，像稍早靜語那樣，但動作太大，畫面被從長老腦袋左側垂落的白色百合占滿——一支對著地上無聲嘶吼的大喇叭。

靜語立刻幫她修正。一個完整的人頭紋準確無誤地占滿畫面。

馮太太嘴巴動了動，但謝字沒說出口。靜語有點懊惱，動作太快了。

「好漂亮對不對？」方美月走過來。「只有貴族可以在衣服上繡人頭、人像。」

馮太太的目光投向方美月身上的傳統服裝。

方美月指指自己藍色斜襟上衣的領口。「我們只能繡這種。」她的領口裝飾著小小的正三角形連綴而成的一圈珠繡，每個三角都是由一橘、兩黃、三綠、四橙共十顆珠子所構成的迷你金字塔。

馮太太的眼光停駐在那裡時，方美月頸根左右鎖骨間的天突穴略為凹陷，生出一個幽暗的小小洞穴。

「這樣也很好看。」馮太太說。靜語看了她一眼。她很篤定。

「是哦？」方美月微笑。

螢幕上，年輕的母親抱著三歲小孩，孩子的頭巾綴著一整排閃亮的銀色小鈴鐺，靛藍布面上繡著手拉手的十幾個大大的人形：翠綠的容顏嚴密地鑲在橘色邊框中，頭上神氣地豎立著三根彩羽，紅色短裙下的黃色細腿霸氣地岔開而立。

方美月看著畫面，眼睛亮了些，笑容暗了些。

旁白幽幽說道：「現今，服飾上頭目專屬的圖紋已經開放。不過，許多部落還遵守著頭飾上的專利，不敢踰越，階級制度為世代所承襲。」

靜語步上二樓陽台。

「有沒有覺得眼熟？」欄杆邊，郭翠霞問鄭葳伶，兩人俯視一樓入口周遭的花草，邊緣染著紫粉紅的淺黃馬纓丹，豔紅的美人蕉和仙丹花，粉桃紅的細葉合歡，橘黃色的萬壽菊……

「你不可以講喔！」郭翠霞對靜語說。

「……哦！」鄭葳伶似有所悟。

「看得出來齁！」郭翠霞開心地說。「沒錯，這些花就是要對應我們琉璃珠的常用色：紅、橙、黃、綠。這些顏色放在傳統的深色族服上，特別亮，特別好看。」

「裡面的簡報說：深色衣服是貴族穿的。」鄭葳伶說。

靜語蹙眉。

郭翠霞聳肩。「其實大家現在不太穿族服了，琉璃珠也常常是漢人在買。」

靜語低頭，郭翠霞以為她也在看樓下的花草。「薏如老師說：橙是萬壽，綠是山、是植物，黃是太陽升起……」郭翠霞高高舉起胸前的三圈珠鍊——周遭草木的翠綠將珠子的赭紅映襯得鮮麗如血——再鬆手讓它們落下。「紅是太陽落下……」珠子在她的胸腹間發出喀啦喀啦的撞擊聲，像剛才家瑛隨性撥弄無進位算盤的聲音，也像一串乾燥的雨。

「紅色也是神靈，生命，動物……」郭翠霞的捲舌音很重，但整個句子悠揚如歌，靈魂好像可以乘著它飛到很遠的地方……靜語的目光飛越到右前方的香蕉林。

家瑛和家珉一高一低兩個小腦袋湊在目前一片黑、沒播放任何簡報的螢幕下方，家瑛踮腳伸長手，在螢幕下緣揮出一道隱形波浪，幾顆碎星所構成的一道彎刀銀弧隨即浮現——全星的標誌。往反方向再一揮，星星們就消失不見了，螢幕再度歸於黑暗。

馮太太背對著櫃檯及螢幕，站在一根木柱前，平視著掛在上面的一張面具，琉璃珠拼成的水果構成了面具五官，但水果的顏色和種類對應不起來：右臉的草莓是葡萄紫，左臉的哈密瓜是蜜桃粉，酪梨狀的鼻子有著西瓜的綠黑條紋，香蕉狀的嘴唇是蘋果紅，蓮霧下巴是柑橘橙，額頭上的楊桃切片是柿紅色的，唯獨眼眶中一片空白。

馮太太逆時針繞著柱子走了四分之一圈，眼睛一直盯著那片空白。

靜語從陽台上遠眺香蕉林。林子的色彩和族服神似，一塊繡著紅、橙、黃、綠的黑布，還多了點紅和紫。橙是葉隙間流瀉的陽光，綠是健康的葉子，黃是成熟的香蕉——其實更多的黃是枯葉。泥地上的苞片，外側是暗鬱的紫，內側是新鮮瘀血般的紅。

也許是那種既喑啞又帶有刺激性的顏色，也許是那封閉的空間、幽暗的氛圍，靜語短暫地違背自己多年來的原則，揭開了往日的傷口。現在她只希望剛才那些話隨紫色的花瓣腐爛在泥土裡。

一陣風徐徐揚起，從這裡一路吹向香蕉林。整座林子輕輕搖曳，間雜的枯葉在一片暗綠中閃爍著帶透明感的斑斑杏黃。

一個少年肩上扛著塑膠布包著的一捆長長的什麼，走在崖邊小徑上。少年穿著黑T恤牛仔褲，染成淺金色的頭髮蓬鬆閃亮，單邊耳環是一條小蛇，蛇身在耳垂前後分成兩半。

經過一叢白色百合時，少年瞄了腳下傍著鐵皮屋的射箭場一眼。一看到場中全星一行人就放下肩上包裹，像是掐住禽鳥細長的脖頸般揪住身邊一株百合的長莖。

百合一陣劇烈震顫。

王科長正在瞄準山羊靶，梨文百無聊賴地看著，讓簡政煌的名片在左手指縫間翻轉著爬梯而上。一陣不強不弱的風從琉璃珠工作室所在的山坡吹拂而下。

名片正要從中指和無名指間爬上食指和中指間時，背面某處的細密凸點刺痛了食指內側。梨文手一抖，把名片甩在地上，沒來得及第一時間撿起，風就把它吹到圍著簡政煌的一群人腳邊。

魏總因為簡政煌說了什麼而大笑著挪動一步，眼看著要一腳踩在名片上，但風隨即又將它吹離了幾公分。

「……點字名片有很多種製作方法：貼膠膜、發泡油墨、上光、打凹……每種我們都試過……」簡政煌對著周遭人高談闊論。

短袖短褲的小個子本地男孩想撿起名片，梨文阻止，怕他的手被魏總挪移不定的腳踩到。

「……選擇打凹，不是因為最好看，而是——」

「抱歉！」梨文彷彿故意干擾談話似地大喊，接著拾起名片。

「——是要方便視障同胞摸讀。畢竟，點字名片這種東西不是給我們明眼人觀賞用的……」

王科長跑到集中了幾枝箭的山羊靶旁要伊恩幫他拍照留念，顯然對成果頗為滿意。

梨文的指尖再次被刺痛，這次不是名片背面的凸點，而是剛才在地上沾到的砂礫。

王科長把弓箭順手遞給伊恩，但他沒接。

讀者服務卡

您買的書是：______________________________

生日：　　年　　月　　日

學歷：□國中　□高中　□大專　□研究所（含以上）

職業：□學生　□軍警公教　□服務業

□工　□商　□大衆傳播

□SOHO族　□學生　□其他 ____________

購書方式：□門市_____書店　□網路書店　□親友贈送　□其他 _____

購書原因：□題材吸引　□價格實在　□力挺作者　□設計新穎

□就愛印刻　□其他 ______________（可複選）

購買日期：_______年_______月_______日

你從哪裡得知本書：□書店　□報紙　□雜誌　□網路　□親友介紹

□DM傳單　□廣播　□電視　□其他

你對本書的評價：（請填代號　1.非常滿意　2.滿意　3.普通　4.不滿意）

書名_____　內容_____封面設計_____版面設計_____

讀完本書後您覺得：

1.□非常喜歡　2.□喜歡　3.□普通　4.□不喜歡　5.□非常不喜歡

您對於本書建議：

感謝您的惠顧，為了提供更好的服務，請填妥各欄資料，將讀者服務卡直接寄回或傳真本社，我們將隨時提供最新的出版、活動等相關訊息。

讀者服務專線：（02）2228-1626　讀者傳真專線：（02）2228-1598

廣　告　回　信
板橋郵局登記證
板橋廣字第83號
免　貼　郵　票

舒讀網「碼」上看

235-53
新北市中和區建一路249號8樓

印刻文學生活雜誌出版有限公司　收

讀者服務部

姓名：＿＿＿＿＿＿＿＿＿＿　性別：□男　□女

郵遞區號：＿＿＿＿＿＿＿＿＿＿

地址：＿＿＿＿＿＿＿＿＿＿

電話：（日）＿＿＿＿＿＿＿＿＿＿（夜）＿＿＿＿＿＿＿＿＿＿

傳真：＿＿＿＿＿＿＿＿＿＿

e-mail：＿＿＿＿＿＿＿＿＿＿

梨文右手中指的指腹上嵌著一顆有尖角的小石子，她用拇指把它彈飛，指腹上留下一個淡粉紅的小圓點。

半年多前，夏末秋初，《潮聲》雜誌社一樓兼具資料室功用的會議室。門邊南側牆上的展示櫃中央鑲著一塊霧白壓克力板，寫著海藍色的「潮聲」，四周的斜拉板上陳列著由新而舊的十幾期刊物。中層靠右半新不舊的一期，海景封面上大大的寫著「綠島今昔」，下面的一組子題是：綠島人權藝術節、海濱休憩化與海洋生態：珊瑚礁大體檢、過山古道——健行與探勘、生活與音樂的詩：Salizan和Tiang的離島走唱生涯……。上層靠左比較新的那期，主題是：「國土販售中：被出賣的花蓮」，背景圖是花蓮沿海保護區衛星圖，被財團或政府不當取得的爭議地區都是斑點、汙漬、刮痕、墨跡。

梨文背對房間正中央的長桌，看著西牆上釘滿資料的軟木板。上緣的白色橫幅有兩行字，上面的紅色小字是「高俊義控告《潮聲》加重誹謗案」，下面的黑色大字是「千樟嶺開發計畫相關資料」。

南牆角落的門突然打開，一陣強風順勢捲入，軟木板上只用一兩枚圖釘固定的資料高高掀飛。有的紙背仍印或寫著文字，有的本身空白但卻灰濛濛地透著正面的文字，像是明明被從身軀割下、和靈魂也失去了聯繫，卻還是拚命想要逃走的一堆單邊鴿翼。

有不少文件連圖釘一起被扯落到地上，在地上隨未曾止息的風勢撲騰著、翻滾著，像是剛被捕上岸的魚。

一隻綠身藍背鰭的大魚掙扎著來到首先進門的池如淵腳邊，啪的一聲蓋在他的左腳鞋面上。另一隻黑斑點的大白魚則是靜靜地溜到隨後步入的總編腳前，差點被他一腳踩上去。

總編砰的一聲將身後的門關上。

「颱風外圍環流竟然這麼強，抱歉！」池如淵對蹲下來收拾的梨文說。

梨文短暫想起曾和她一起在類似天候下馳騁於綠島的嘉琦。待會要把滿地文件還原到軟木板上要費好一番工夫，但現在沒有善於整理的嘉琦幫她忙了。

池如淵俯身拾起腳上那條綠身藍背鰭的大魚，這其實是花東沿海保護區衛星圖的藍海綠地，也就是「國土販售中：被出賣的花蓮」那期封面的背景原圖。螢光綠標示的自然保護區是禁止開發的一級敏感地，螢光黃的一般保護區是二級敏感地，可有條件開發，而散布在山海間的膿包狀斑斑暗紅是由此而生的有爭議開發案。

總編看了他腳前那份文件一眼，無意拾起。封面寫著：「千樟嶺實業股份有限公司股權分配表」。

「下週就要開庭了。」總編說。

「嗯，偵查庭。」池如淵拾起「千樟嶺開發計畫第二階段變更範圍圖」以及總編腳前那份文件。

「到最後萬一被判刑要坐牢怎麼辦？」梨文從地上拾起有撕裂痕的「千樟嶺文化生態觀光園區未來發展示意圖」和散掉了的「千樟嶺文化生態觀光園區第四次變更擴大開發計畫案之申請書與開發計畫圖」，啪啦啪啦地扔到旁邊的會議桌上。

當初得知被告是在中元普渡前幾天。那時，隔壁公寓中庭的祭祀棚被風吹得啪啦啪啦響，鐵皮頂蓋在粗如壯漢手臂的竹竿所搭建的棚架上用力地拍擊、彈跳，像是即將化為美食的大魚在砧板上的垂死掙扎。梨文頓時覺得整個身軀被掏空了，僅存的少數臟腑全下沉到體內一個黑洞裡。在此同時，背上彷彿有條蜈蚣從尾椎緩慢地沿著脊柱爬上來，噁心透頂但又甩不掉。從此，牠就一直攀附在脊柱上，蠕動。

「不會。一定無罪。」池如淵說。他拿著剛拾起的兩份文件，不知該釘在滿牆資料的哪裡：「以ＢＯＴ方式興建暨營運千樟嶺文化生態觀光園區之規畫構想書」、「花蓮縣非都市土地使用分區及使用地變更專責審議小組實地會勘及第一次審查會議決議」、「花蓮縣蘇副縣長訪問錄音逐字稿」、「花蓮縣觀光處朱副處長第二次訪問錄音逐字稿」、「土地使用配置計畫」……。整面牆上最大的文件是右邊那張「花東縱谷與海岸新興開發案一覽圖」，上面密密麻麻地充滿各色標記。「千樟嶺開發案的報導我們已善盡查證之責。」

「沒錯，你要有信心。」總編說，俯身拾起「千樟嶺文化生態觀光園區開發案專責審議小組喬傳良審查委員第一次訪問錄音逐字稿」與「新洋國際工程顧問股份有限公司翁幸媛工程師第二次訪問錄音逐字稿」，遞向梨文。「這些調查報導不都是你做的嗎？」

梨文接下文件。「嘶！」她倒抽一口氣。右手中指指腹多了一個滲血的暗紅色針孔，還有幾個白色凹洞。

她把文件翻過來看。圖釘的針尾附近有叢像是竹筍殼尖端的毛刺——紙張被反覆拿下、釘上的過程中戳出的千瘡百孔。

指頭已不再有刺痛感，手卻感受到一股拉力——是剛才想幫她撿名片的那個短袖短褲當地男孩。他抓住她食指與中指間的名片，輕輕拉動。也許剛才他並不是想幫她撿，而是為自己。

梨文鬆手。孩子立刻一面摸著點字，一面試圖讀出印刷文字：「台——東——」

「你叫什麼名字？」梨文問。「我叫周梨文。」

「周——梨文……？」孩子的目光在名片上梭巡，似乎在尋找對應。

「那不是我的名片，上面沒有我的名字。」梨文再次問道：「你的名字是？」

「石峻凱。」孩子抬起臉來，膚色像是色澤不均的灰褐麂皮絨。

「你有族名嗎？」梨文小心翼翼地問。

「布卡。」他似乎對名片已失去興趣，把它塞回梨文手中後就邊抓鐵絲網邊往後走，每抓一次就用力搖晃一下。網子很穩，只有些許波動。

梨文附近，大眼睛的男孩用竹杖在地上重複地塗寫著什麼。她試圖解讀，但並無所獲。

男孩的另一側，伊恩默默地滑著手機，表情凝重。

「這是你的名字嗎？你叫什麼名字？我叫周梨文。」

「奔仁。」含糊不清的回答。

「奔仁？這是你的族名嗎？」

孩子若有似無地點了一下頭。光亮的肉桂色臉龐上的一雙大眼向下垂，看著地上只有他自己能讀懂的隱形字。

「排灣話的眼睛怎麼說？你可以教我嗎？」

「maca。」奔仁望向射箭場後方，布卡似乎在長草遮蔽的鐵絲網下緣找到了什麼。

「maca？那耳朵呢？」

奔仁沒有回答，拖著他的竹杖跑向布卡。

「耳朵是calinga。」代答的是穿紅鞋的大女孩。

「謝謝！你叫什麼名字？」

「吳邵筠。」

「婼艾。」和女孩同時回答的是窄臉的高個子男孩，膚色是山毛櫸木的淺沙褐。他和女孩對瞪片刻後轉向梨文。「我叫季彥緯。」

「沒人問你。」吳邵筠說，聲音有點尖銳。梨文想起了家瑛。她把目光投向琉璃珠工作室的方向，無意中瞄到手機吊飾從伊恩的指縫間垂落。扁扁的月牙狀，色澤是微泛黃的灰白，有幾道淺褐色細條紋，看起來像山豬牙。

伊恩收起手機，走向又開始討論草原帝國的藍杰生和昱成。

「Did you participate in the development of the game?（你有參與草原帝國的開發嗎？）」昱成問。

「Oh Yes. In the beginning I worked with my colleagues to decide what the game world would be about, the vision, the scope, etc. I helped with the design over the next three years...（當然。我和同事們一起決定遊戲世界的內容、視野、規模等。接下來的三年我都有參與設計工作……）」

肩上扛著一束百合和不明包裹的金髮少年逐漸接近射箭場鐵絲網外矗立著鐵皮屋的草地，邊走邊不時遙望網內。

伊恩、季彥緯和昱成一起在聽藍杰生說話：「I helped pick the civilizations, the buildings, the units. I also wrote the historical notes...（我幫忙挑選文明、建築、兵種，還負責書寫歷史背景……）」

梨文一邊聽著藍杰生，另一邊在聽吳邵筠教涂家父子說一些簡單的排灣詞彙。剛才是眼耳鼻口，現在是親屬關係。

「爸爸是kama，媽媽是kina，祖父母是vuvu？」宗皓複述，隔壁圈的季彥緯側耳傾聽。

「你叫什麼名字呢？」涂宏弼問剛靠過來的馬尾小女孩。

「她也是 vuvu 喔。」季彥緯說。

小女孩翻起眼來瞪人，臉頰是浸泡過白蘭地的栗子仁那種濕潤而飽滿的色澤。

「你叫 vuvu ？」宗皓問。

小女孩搖頭。「思佳恩。」

「曾瑞熙。」吳紹筠和季彥緯幾乎同時說。

「那他為什麼叫你 vuvu ？」宗皓問。

「vuvu 也是孫子的意思。」伊恩說，接著對季彥緯：「不過你又不是她祖父母，不要隨便叫她 vuvu。」

「vuvu 是孫子也是祖父母？」王科長說。「很奇怪……」

布卡在基座上的鐵絲網底部找到的是一個破洞，奔仁幫他一起一點一點把洞撐大。前面看射箭的那組人一陣哄笑。魏總右手持弓、高舉雙手做投降狀。箭靶上，成招財貓姿態的台灣黑熊一臉無辜。牠身上或是牠背後的聖誕樹上都什麼也沒有，但靶子後方的稻草垛上有五枝箭以五個不同角度插著。

「What did it look like in the beginning?（遊戲剛開始看起來是什麼樣子？）」昱

成問。

藍杰生的目光在鐵絲網外的荒地掃了半圈，好像要找一個可供評估荒涼的指標。網外，蔓生的雜草後是一塊蔬菜和花草錯落種植的田地，旁邊有座被灰色防水布遮了一半的歪斜鐵皮工寮，凌亂地堆放著工具和雜物。旁邊還有座覆蓋著藍白條紋帆布、草葉、磚頭的竹棚。

「I remember an early prototype where the map was very flat with a few trees for terrain and we had only a few kinds of units, a horseman, an archer, and may be a club or swordsman.（我記得早期的一個原型，地圖一片平坦，種幾棵樹就算是領土了。兵種也很少，只有騎兵、弓兵和劍士。）」藍杰生說。

梨文繼藍杰生後望向網外，看到一個金髮少年扛了束白百合來到工寮邊的竹棚下。她想起Salizan和Tiang在綠島駐唱的餐廳牆上，海報裡有個小男孩站在浪中，把一株比他還高的百合奮力舉向天空。

竹棚下的少年將肩上的白色百合甩在一個藍色汽油桶上，隨即進入工寮。桶子褪色生鏽，但噴濺與流淌著亮麗的紅、白漆痕。

大人們已經射完一輪，宗皓重新回到射箭的預備位置，順利搭箭拉弓，但要放箭時手握得太緊了。

布卡從已被撐大的鐵絲網破洞鑽出去，穿過長草走向工寮。個頭較大的奔仁留在網內。

來到竹棚下的汽油桶前，布卡手一撥，幾枝百合被掃到地上，露出下面的包裹。他打開塑膠布，裡面是長短不一的幾把槍。

布卡左手持步槍，右手持衝鋒槍，衝回網前對奔仁炫耀。奔仁抓住鐵絲網用力搖晃，示意布卡從上方把槍丟進來。

槍看起來很輕，應該是玩具。奔仁一接到衝鋒槍就把原本折起的槍托熟練地展開，掀起準星，豎立瞻孔，朝四面八方的假想敵瞄準，最後和宗皓同步。宗皓放箭時，他也從嘴裡發出砰的一聲，將虛擬的子彈射向山豬靶。

「哪來的槍？」梨文說。

「附近有個生存遊戲營，有些當地人在那裡打工，孩子們偶爾跟過去玩。」伊恩說。

布卡拖著步槍回到網內的水泥基座上坐下，試圖拆卸。思佳恩過來抓住槍管想搶走，但是力氣不夠。布卡扭過身去用下巴指向網外的藍色汽油桶，個子比布卡更小的思佳恩立刻從鐵絲網的破洞鑽出去。

布卡開始拆槍。繼消音管後，看起來像截恐龍脊骨的彈匣也被取下。吳紹筠斜倚著鐵絲網面無表情地側頭看著。

思佳恩拽著什麼搖搖擺擺地穿越草叢，那竟然是一把比她還要高的狙擊槍。

「我們跟他們玩點別的什麼吧？」梨文對伊恩說，但他恍若未聞地往後走。

梨文轉向昱成，但他還在跟藍杰生聊：「I came to InfoAllstar to be a PC Game designer, but Atlanta didn't think Taiwan was capable of or in need of software development. Eventually I was transferred to department of public relation...（我進全星是想當遊戲設計師，可是亞特蘭大總部不認為台灣分部有軟體開發的能力與必要，後來我就轉去公關部了……）」

射箭場後方，伊恩望向鐵絲網外。黑衣的金髮少年出現在工寮邊，半隱身於從絲瓜棚頂垂落的一截淺綠紗網內，目光挑釁，左頰酒渦隱隱凹陷。

伊恩面無表情。

「歐耶，我射中了！」宗皓振臂揚弓大叫。「好爽——超——爽！」

奔仁放下槍往前走，察看箭靶。

宗皓這一箭射中了山豬的背部，那個部位所標示的分數是「6」。

奔仁看清楚後，目光變了。

梨文在校長稍早曾提到的那位排灣子弟臉上看過這種眼神，就是目前在芝加哥小熊隊3A的蔡祐朋。前年棒協想找他打亞運，但球團反對，他自己也想專心拚大聯盟，最終未能成行，引來一些「不愛國」的批評。去年他上了大聯盟，以長中繼角色出賽十餘場後，尺骨韌帶出了問題，進入傷兵名單，休養數月後在3A投復健賽，一局沒投完就被打出六安兩轟，責失六分，提前退場。蔡祐朋在場邊看著隊友收拾殘局時，頭上蓋著毛巾，臉的上半部籠罩在陰影裡，微蹙的V字眉和下垂的八字眼構成一個大大的X。漆黑眼眸裡透明而凌厲的目光，有餓狼的飢渴，勉強壓抑的不甘，還有某種近乎走投無路的絕望。

奔仁現在就是那種眼神。

5

黃土路邊，鵝卵石砌的矮牆後是一個高起的平頂圓形土丘，上面矗立著石板圈腳、茅草覆頂、竹竿為牆的屋宇——這就是全星團隊所要參觀的原味工廠。像衛兵一樣整齊排列著的粗竹竿間隙很大，遠看像是火柴棒堆成的玩具屋，一著火似乎就會隨著低沉的一聲轟鳴，整棟被吞沒在火光中，而所有的寬大間隙都迸出明亮的火焰。

即使沒有火的威脅，屋子也有種搖搖欲墜的脆弱感，像某種抽木條遊戲——不知哪來的一群人、不知屬於誰的好幾隻看不見的手，沒有理由的、隨機地把竹竿一根根抽出。表面上的重點是抽出後屋子依然能維持平衡，但大家其實都在期待倒塌的那一刻——只要不是自己下的手就好。願望成真時，除了下手的，所有人的表情都明亮得像是有火光照耀著。

竹屋的大門是左右開的兩扇滑門。木頭門板上的雕刻是排灣族 Maljeveq 五年祭的場景：相思樹枝搭建的環狀底座上，十幾位勇士手持長達十多公尺、像是要直通天際的竹竿，凝望天空。有顆藤球拖著好像飄羽的長尾巴，輕快地飛行於眾祭竿所匯聚的塔尖上方。

在一段距離外，木門上的刺球台看起來像是荊棘編成的一頂皇冠。一走近，門卻為了迎賓而將刺球台一分為二。藤球跟著右邊那扇門離開了，左邊的勇士們戀戀不捨地遙望著。

竹屋中，本來被射箭場和琉璃珠工作室分開的全星訪客們環繞著兩位穿黑色族服的中年男子，一位吹奏著鼻笛，另一位持口簧管。鼻笛是彩色麻繩綁在一起的兩枝竹管，其中一枝開了五個圓孔，乍見時還以為是玩抽木條遊戲時從牆上抽出來的竹竿。雖然尺寸差很大，梨文還是沿著牆在屋內繞了一圈，彷彿是要確認牆上的每一枝竹竿都在。

竹屋的東和北牆前設有L型流理檯，靜語在攪拌小鍋中熬煮著的焦糖。戴青色頭巾的當地婦女莫卡尹正用平底鍋煎香蕉，馮太太在旁觀看。平底鍋中的香蕉像一彎飽滿的微黃新月，先是被融化的無鹽奶油煎成金黃色，接著在隨即注入的焦糖蘭姆醬汁中逐漸膨脹、濕潤。晶瑩的汁液彷彿不是外面澆上去的，而是從裡面分泌出來的。香蕉變得肌理分明，活生生的，像是會呼吸。莫卡尹小心翼翼地將它鏟進碟子用早就鋪好的薄餅捲起來，動作溫柔得像是用毛巾裹新生兒。

西牆前的長桌兩側各有五六張椅子。宗皓和家珉在那裡用圓圓的香蕉切片裝飾厚片吐司。家珉把它們整整齊齊地排成四乘三的方陣，宗皓則是層層遞減地向上堆，似乎要蓋一座小金字塔。

南牆前是一張靠牆放的餐檯，左半邊擺飲料，右邊是點心。家瑛在五顏六色的飲料前猶豫不決。

戴橘黃頭巾的當地婦女芭芭伊端來幾杯香蕉奇異果冰沙。「你喜歡比較酸的還是甜的？白色那個小孩子不能喝哦，那是酒。」

家瑛不知所措地抬頭，目光隨即越過芭芭伊，投向牆上貼著的海報、雜誌彩頁、新聞報導：張惠妹、徐若瑄、A-lin、紀曉君、溫嵐等七八位原住民女藝人，各個妝容精緻、衣著華麗。她們下方的餐檯上擺的是盛在雞尾酒杯裡的洛神汁、仙楂汁、桑葚汁、梅醋和小米酒。另一側，白色的方形美耐皿淺盤裡是看似西式的精緻糕點。都市大飯店下午茶的氛圍中，排灣鼻笛的樂聲揚起。

演奏者前擺了兩圈紅、白塑膠凳，簡副縣長坐第一排，藍杰生和魏總分居兩側，其他人或站或坐地分散於四周，很多人手持飲料。昱成從餐檯上拿了蛋糕到第二排塑膠凳上坐下。白色淺碟盛著的淡黃色三角蛋糕上，六片淺橄欖色的卵圓形葉子拼成了一朵小花，花心是顆黃色小番茄。昱成將叉子抵在花旁，拿不定主意該怎麼做。

鼻笛發出悠長的顫音，像是一陣風穿梭於林間時在每片葉子上引發的輕顫所串成的。來賓手裡五顏六色的飲料彷彿也隨之震動，折射出晶瑩的波光。

流理檯那裡，莫卡尹把白色糖粉撒在裹著金黃色麵皮的胖嘟嘟炸香蕉上，糖粉閃閃發亮，像是大太陽下的雪。

演奏者和他的鼻笛融為一體，似乎沒有意識到周遭一切。彷彿永不止息的悠長樂音，是他把整個生命灌注在笛子中所生出的。然而鼻笛也是他氧氣、精力與生命的來源，他貪婪而渴切地吸取著。

鼻笛演奏末尾，那陣拂過樹林的長風即將遠去時，口簧琴的演奏者吹起左手持著的有孔竹片，右手拉動繫在竹片末端的麻繩，發出一道充滿震動的嗡鳴，低沉而強烈，空洞又纖細。更精確地說，樂音有種內縮的緊張感，卻在周圍開展出具有強大重力的空間。聲音本身好像原地不動，但卻又暗示著可以把所有觸碰到它的事物彈射到外太空。樂聲像是地震前滲入空氣的能量嗡鳴，民航機劃過天空時的氣流嘶聲。你以為岩石在地表下破裂，而雲朵在高空中被撕毀，但聲音遠去後隨即一切如常，好像什麼都沒發生過。

塑膠椅座席間，賓客杯中那些彩色液體，既不再顫抖，也不再閃光。昱成的手不自覺地用力。三角蛋糕被切開，小花掉到盤上。夾雜堅果碎末的棕褐色切面，像是土石流後裸露的岩壁。

「歡迎大家來原味工廠，享用我們的原鄉美食。今天的主題是 veljevelj，香蕉。」莫卡尹站在餐檯邊對塑膠凳上與長桌邊的訪客們說。

靜語、伊恩及芭芭伊把香蕉薄餅、香蕉杏仁脆片、炸香蕉、煎香蕉等幾樣點心端過來展示後放上餐檯，大家熱烈鼓掌。

「田校長和曹部長去準備下一個活動，所以由我來跟大家說明。」靜語說。「原味工廠是田校長所發起的計畫之一，目的是把本地農產加工成美味時髦的餐點。最近幾年香蕉常生產過剩又嚴重滯銷，校長就請糕餅業者研發各種特色餐點，希望可以幫忙促銷，今天就請各位來賓品嘗其中幾樣。」

大多數人都拿了點心各自享用。家瑛選了香蕉薄餅，伊恩在長桌邊教她用裝了巧克力的擠花袋裝飾餅皮，連續不斷的八字構成像是布條來回交纏的花紋。梨文一走近，伊恩馬上把薄餅還給家瑛。

思佳恩擠進伊恩和家瑛之間，伸長了手想拿擠花袋。

「思佳恩！」靜語輕喚，小女孩轉過頭來對她笑，好像跟她很熟，雖然她剛才並沒有去射箭場。

郭翠霞提著一個大袋子走過來把思佳恩往後帶，小女孩立刻把頭往她的粉紅圍裙裡塞，想把整個人都埋進去。

「琉璃珠工作室的郭翠霞老師。」鄭葳伶告訴梨文。

「我拿東西來請大家吃。」郭翠霞對大家說。

「思佳恩是你女兒？好可愛。」梨文說。

郭翠霞笑著從口袋裡摸出幾顆糖果塞進思佳恩手心，轉身把袋裡的東西擺在長桌上：用白色棉線捆成特大號綠色糖果狀的十幾個蕉葉捲。

思佳恩把糖果紙丟在桌上，一面鼓著臉咀嚼，一面揪住梨文包包上的吊飾，一顆琥珀色的鵝卵石狀人造水晶。梨文想把吊飾拆下來，靜語對她搖頭。

「她最喜歡亮晶晶的東西，都是受她們影響。」郭翠霞的下巴朝牆上海報一努。

其中一張海報裡的原住民女歌手戴著鑲了大顆薄荷綠與香檳金人造寶石的項鍊，紅藍白三色條紋的短袖罩衫內是釘滿翡翠綠亮片的薄荷綠背心，輕觸臉頰上的食指尖也鑲了一顆五角星形狀的藍紫色人造寶石。

女歌手的頭髮染成草莓金，鼻子窄削挺直得像是鼻骨隨時會破皮而出，精巧的鼻頭有著薄如蛋殼的兩翼。鑲水鑽捲翹假睫毛下的那對濃妝大眼，內眼角開得太大，兩眼有點集中，讓目光專注的她看起來像鬥雞眼。梨文以前為了考記者而去診所把痘疤痣斑雷射掉時，在候診室牆上海報以及回診病患臉上常看到這些容貌特徵。

郭翠霞解開棉線，將蕉葉裡的香蕉糯米飯盛在小紙盤中分送給大家。

梨文在靜語旁邊坐下，她正低頭看著手機。她們的對面是尤欣、鄭葳伶、涂宏弼等人。梨文拿起思佳恩剛才丟在桌上的糖果紙摺了起來：戴著碗形小帽的頭，水平伸展的兩臂，豐胸細腰；扇形裁剪、粉橘下襬的荷葉裙中央有鑲黑邊的乳白蕾絲⋯⋯。梨文把這不知該稱作公主還是舞孃的糖果紙娃娃遞給思佳恩，她的眼睛瞪得圓圓的，沒有笑意。

真可惜。小時候做這個給康芸，她的兩隻眼睛都亮晶晶的。那陣子爸媽常吵架，雖然有刻意壓低聲音，梨文還是怕那時候才剛上幼稚園的康芸會嚇到，總是拿色紙、衛生紙、包裝紙、糖果紙摺些小女孩會喜歡的玩意兒轉移她的注意力：皇冠、花朵、蝴蝶、娃娃、帽子、酒杯⋯⋯

梨文把水晶吊飾拆下來塞給思佳恩，她整張小臉都發亮了。

靜語手機上的最新訊息是「不影響」，她看完後臉色不太好。梨文正和思佳恩一起看著水晶折射的金光，沒注意到靜語的神色或是她望向這裡的目光。郭翠霞遞給梨文一碟香蕉飯。

「香蕉葉要先在熱水裡燙過，加一點點油。糯米泡一晚，瀝乾水分。香蕉剝皮捏碎，和糯米拌在一起。香蕉用熟透的最好吃⋯⋯」郭翠霞對大家說。

梨文嘗了一口，香甜軟糯，咬面像是鑲嵌著金箔和細小珍珠的岩壁。

「我們泰雅族常帶著香蕉飯上山打獵或出遠門，好吃又方便。」郭翠霞說。

「泰雅族？」鄭葳伶問。

「我是嫁來排灣部落的泰雅媳婦。」郭翠霞自豪地說。

莫卡尹和芭芭伊端來好幾個小碟子。撒了白色細絲的切片薄餅，有的淋了紫紅色的洛神花醬汁，有的淋亮橘黃的百香果醬汁。

「這些絲絲是什麼？甜甜脆脆的，有一點點酸。」尤欣問。

郭翠霞抱了比一顆橄欖球還大些的香蕉花回來，砰的一聲重重地放在桌上。

「這個我知道：香蕉花！」宗皓跑到父親身邊。

涂宏弼把香蕉花拿過來，剝了一瓣給他，再剝了一瓣給大家看。紫紅色勺狀內側的基部有排玉青色小花，像細長的牙齒，大約二十幾朵。

「大的這叫苞片，小的才是真正的花，有機會的話會發育成香蕉。苞片呢，其實是一種變態的葉子，用來保護花和果實的。」涂宏弼說，將整顆香蕉花遞給鄭葳伶，她也剝了一瓣，但不小心剝裂噴汁。她不死心又剝了一瓣，這次是完整的，但顏色已經一瓣瓣越來越淺。

「你再往下剝，就會剝到白白嫩嫩的。那種可以切塊燉排骨，口感脆脆的像筍子，也可以炒肉絲或是拌麵。」郭翠霞說。

鄭葳伶把花球遞給尤欣。「我從小到大不知道吃過多少根香蕉，竟然不知道花長這樣。」

「我是在鄉下長大的。花是有看過，但不知道可以吃。我一直以為那個沒有什麼用，滿地都是也沒人撿。」尤欣也剝了幾瓣。

「聽說把那個白白的小花拿來熬雞湯，可以清熱解毒。」莫卡尹說。

梨文一聽到解毒就想笑，但此時尤欣把花傳給她。被剝掉好幾瓣的香蕉花現在像顆白色的飛彈頭。她也剝了一瓣，聞到之前瀰漫於林間的那種清甜，只不過這裡多了點苦和酸。汁液染上指頭，黏黏的，有點牽絲，梨文發出嫌惡聲。

「你看我。」鄭葳伶舉起右手。汁液在她手上氧化為鏽黯的棕褐，像是陳年血漬。

梨文瑟縮了一下。「我國中時有一次放學要搭公車回家，在車站看到同校女生好像被石頭砸到還是撞到什麼，太陽穴上方有個傷口流了好多血。她用手摀臉，結果手上也全是血。附近商店的廣告燈一打下來，那些血就像是好多條蛇在爬。害我回家作噩夢，夢裡有一隻血手，一直向我伸過來……」

梨文邊說邊把一瓣苞片折半外翻，但沒把它從花柱上剝下。口簧琴的樂聲再度響起，很多人都轉身或移到塑膠凳上欣賞。

「後來呢？」靜語突然問。

「什麼後來？」梨文翻折了第二瓣。

「你沒去看一下那位受傷的同學？」

「我要搭的公車來了，而且好幾個人圍著她。」梨文翻折了第三瓣。從上面俯瞰，香蕉花看起來像是個螺旋槳，花序是槳軸，外翻的苞片是槳葉。

宗皓端著空盤子從旁經過。

「你看這像不像飛機的螺旋槳，給你玩！」梨文把花遞向宗皓。

宗皓瞄了一眼，意興闌珊。「這又不能飛。」

梨文收回手，把花拿在手裡來回旋轉，即使如此，也無法提供任何上升或前進的力量。

靜語把花從梨文手裡幾乎是一把奪走。梨文懷疑是不是自己把花轉來轉去，讓她心煩了。

靜語像是用手電筒照人般拿花對準梨文。翻折的花瓣反射頭頂的燈泡，亮得近乎刺眼。

「你怎麼知道那些人是要幹麼？說不定他們就是加害者。」靜語眼睛眨也不眨地盯著梨文，她疑惑地回望，覺得這可能是靜語今天第一次真正的注視她。

過往從從靜語的眼睛反射出來。

公車站層層疊疊的候車者身影間，有一小群人圍成一圈。從人牆的縫隙窺探，可以看到一顆太陽穴上方有鮮血不斷流下的腦袋，臉被手摀住了大半。世界變成黑白二色，只有鮮血還保有著豔紅的色彩。一切都靜止了，只有鮮血還在流動著，格外立體，生氣勃勃。摀臉的手微微顫抖，指縫間露出一隻眼睛。

誰的眼睛？

靜語看著手中的花，翻折的三瓣所簇擁的鈴形花序頂部像初生小獸光溜溜的腦袋。還沒被剝開的花瓣緊密地貼附在上面，淺褐的邊線像是天靈蓋上的裂縫。

「你知道她們說什麼嗎？」

靜語對梨文轉動手中的花，逆時針，一次九十度。每轉動一次，每瓣苞片就折射出不同的光線，一句輕蔑的笑語就從過往流瀉至當下。那朵香蕉花，是播送過往的留聲機。

「大姨媽從頭上流出來啦？」

「是她自己去撞樹的，頭腦有問題。」

「別過來哦，她有傳染病。」

「少裝可憐了，這是天譴。」

每複誦一句話，靜語就撕下一瓣翻折的苞片，最後剝下還緊貼在鈴形花序上的一瓣，聲音尖銳、刺耳，某種介於金屬、塑膠與玻璃之間的怪異質感——箭矢、刀刃或指甲刮擦著什麼光滑的人造物；異形的胚胎撕裂卵殼；醜怪的小妖被掐住脖子，從氣管裡擠出窒息的咿呀聲。

從指縫間露出來的眼睛，在人牆的縫隙間隱約看見少女時期的梨文：個子比同齡人高些，皮膚微黃帶點淺黑，自然捲的齊耳短頭髮像把過於蓬鬆的羽扇。眼睛雖然明亮，卻帶有某種心不在焉，彷彿眼裡看到的並不是視線投注之處。

被血手半掩的嘴才張開，還沒來得及發出聲音，頭髮蓬鬆的少女就面露厭惡之色，轉身離去。

「那是你？很抱歉我沒發現。」梨文說。

靜語將香蕉花放在桌上，苞片被剝掉大半後，看起來像把匕首。或許是這個原因，剛解決一份巧克力香蕉薄餅的宗皓把它拿起來指向屋外。從寬大的竹竿間隙看出去，奔仁剛好經過。他懷裡雖然沒了玩具衝鋒槍，卻抱了枝不知哪來的橡皮筋木槍。

奔仁一看到自己被花柱指著，立刻舉槍回敬。兩人就分踞竹屋內外，玩起瞄準、攻擊、閃躲、防禦的遊戲。奔仁做出連開數槍的動作還自己配上音效，宗皓順勢倒地翻滾。奔仁接著持槍左右掃瞄，有瞬間對準梨文，她隨手拿起一瓣紫色苞片當作盾牌擋在臉前。苞片豬肝紅的內側布滿了針尖般的水珠，晶瑩剔透，細微而飽滿，在宛若人類肌膚的苞片紋理上，像是劇烈運動後泌出的汗水，活生生的，好像隨著什麼人的呼吸而起伏、顫動著。如果把它貼在耳邊，說不定能聽到它對你說話……

「如果是不認識的人，就可以不管嗎？」靜語問。

梨文放下耳邊的苞片。

「算了，都過去了。反正那種事在我以前的生活裡很平常。」

梨文開口，卻無話可說。有種嗡鳴聲像枝由幾條帶紅光的金屬絲絞扭而成的小箭，從左至右地射進她的耳中。聲音先是在左耳響起，接著右耳，是剛才苞片被剝下來的聲音變細、升高、拉長的版本。

小箭並沒有從右耳出去，而是卡在腦中，發出像是無數金屬碎片快速而密集摩擦的聲音：星星在宇宙彼端爆炸，秋末的甲蟲在沒開的冷氣中摩擦鞘翅，早已石化的良心被鑿子一點一滴挖削。

梨文在竹屋外的水龍頭下洗手。水槽裡凌亂地堆疊著剝下來的苞片。涓滴細水沖洗著手上氧化發黑的香蕉汁斑痕，還有指甲縫裡及指腹上深陷於指紋中的汙漬，怎麼搓都洗不乾淨。灰黑的螺與暗褐的箕，不屬於她的血跡以及屬於她的罪惡。

苞片把銀色的排水孔蓋遮蔽大半。微露的些許洞孔，像隻殘缺不全的黑眼，目光不知道是輕蔑還是邪惡。

無法順利排出的濁水，在黑色獨眼上不停地打轉。

什麼終究會流瀉？什麼會一直留在上面？

6

背山面海的綠地上有座像是巨大火車廂的白色長方形三層樓水泥建築，造型現代，線條簡潔，兩側有被鋼架切成格網的大片湖水綠玻璃，門楣寫著「日昇鄉活動中心」，門額上有著兩條百步蛇簇擁著一個陶壺的圖案，而鑲在門廊兩側水泥柱上的圖騰板也雕刻了身著族服的一男一女。

活動中心一樓挑高，門廊開敞，由此延伸而出的廣場上，豎立了十多頂紅、藍帳篷，上百人穿梭其間，大多是當地居民。全星除原本的參訪團隊外，還多了不少穿紅色背心的志工。最大的帳篷是門廊正前方那四支鋼架所撐起的白色傘蓋，在它兩邊飄揚的大旗偶爾遮住圖騰板，上面寫著「InfoAllstar 星光部落資訊教學展」。篷內有個大型投影銀幕，左邊有輛寫著「台灣全星行動電腦教室」的白色廂型車。這要不是當初梨文去和靜語相認時旁邊那輛車，就是同款。當然，那一刻，或那一刻之前，已經回不去了。

這是梨文第一次看清車子右側：夜藍色的腰帶把象徵各部落的一個個圓形圖騰連結起來，但中央代表全星的鐮刀狀碎星，卻好像可以把藍帶切穿。伊恩打開後車廂，裡面的配備有桌椅、帳篷、電腦設備、無線網路基地台等。先前靜語他們從上面搬出一箱箱器材，梨文以為它只是貨車，但其實是個具有移動能力的迷你資訊講堂。

白色大帳篷裡的投影銀幕前有三排折疊椅，部分全星訪客零散地坐在後兩排。座位區左右兩側和後方各有兩排長桌，桌上有數台筆電、平板或桌機。正在學習的當地民眾多為老弱婦孺，身邊常有身穿紫、藍背心的全星人員或紅背心的星光部落計畫專屬志工指導協助。廣場上許多紅、藍帳篷裡也有類似配置。

伊恩在白襯衫外罩上藍背心，拿著攝影機在教學區穿梭。來到兩個正在學習電腦繪圖的小女孩身後，左邊那位轉身對鏡頭比V，和她剛在螢幕上畫出來的大笑臉合影，右邊的偏頭靦腆地笑一下，繼續描繪小花、小草、蜜蜂、蝴蝶……

下一桌，志工指著螢幕上的什麼要一位老婦人看。雖然畫面放大了，老婦人還是幾乎得讓鼻尖碰上螢幕才勉強看清上面的字。她額頭上的髮絲不時摩擦螢幕，發出輕微的沙沙聲。

旁邊那桌，家瑛和另一位老婦人一起用平板自拍，叫她奶奶，再教她把照片傳到大銀幕上。家珉趴在桌邊，拿起奶奶肘邊的一個紅色小圓盒把玩。盒子邊緣是莓紅、淺青與金黃這三色串成的一個環。這個環在早上的簡報裡出現過——全星的全球願景：教育、創新、機會。盒子大概是全星送給與會者的贈品，很多人桌上都有。

自拍終於成功上傳至大銀幕時，家瑛拚命拍手，比奶奶還要興奮。

大銀幕旁，一位老先生拿著平板找上昱成，說這個壞了。一番溝通後昱成發現：畫面上出現拖著長尾巴的彗星時，使用者本該沿著尾巴左右滑動，老先生卻對著彗星頭部的光球拚命按，畫面就一直毫無反應。了解後，老先生抱怨設計有問題，說他手有關節炎，一直滑來滑去很吃力，而且眼睛常跟不上畫面，頭暈想吐。

家瑛和奶奶前面那桌，靜語在教一位帶小孩來的婦女填寫線上履歷，一欄一欄地帶。兩人的頭經常靠在一起，小孩安穩地被夾在她們之間，跟著目不轉睛地看螢幕，三人間有種不言自明的親密與依賴。梨文在不遠處偶然看到，有點羨慕。上次她和康芸如此相依，是在廟裡求籤時。抽籤前，廟祝問她是否已完成必要儀式，她心虛地點頭，說她想問官司。對方笑著阻止她，說：「不必告訴我，神明知道就好。」

梨文打開籤詩時，陪她一起來的康芸把頭也湊過來，念出內容：「一春風雨正瀟瀟，千里行人去路遙，移寡就多君得計，如何歸路轉無聊……這什麼啊？」

稍後兩人步出寺廟，走在山門前像是無止盡地一路往下的階梯上。

「你這麼鐵齒的人，竟然也會被官司嚇得來求神拜佛。」康芸說。

「你不懂，」梨文脊柱上的蜈蚣緩緩蠕動。「不是求神拜佛，是想知道命運的骰子會擲出什麼。」

「還不是一樣。」康芸聳肩。「你就是因為老自以為正義，才會吃上官司。」

梨文在台階上駐足，康芸則繼續往下走。

「我記得你最喜歡的那本奇幻小說裡有句什麼來著，好像是：享受別人抗爭的成果時，不要以為自己手上沒染血就清白無辜。」

這下子換成康芸停步，而梨文越過她。下了五六階，梨文回頭往上看。康芸似乎一直站在那裡沒動過。逐漸垂落的暮色下，朱紅山門像是個血盆大口，正準備把康芸的身影吞沒。

在鄉代、村長以及其他幾位地方人士的簇擁下，鄉長由田校長引領入場。

投影銀幕旁，魏總拿起麥克風。「很高興今天日昇鄉有這麼多朋友來參加我們星光部落計畫的資訊教學展，和我們一起分享電腦網路的使用樂趣。同時，也非常感謝台東縣簡副縣長及日昇鄉郭鄉長蒞臨指導。現在先請副縣長為我們說幾句話⋯⋯」

「台東縣政府為面對資訊社會的挑戰，並促進部落發展，於三年前與台灣全星合作推動星光部落計畫，對本縣許多富有潛力的地區，提供強化資訊素養的大好機會⋯⋯」

梨文側對演講者，看到旁邊那桌有三個小男孩聚在兩台桌上型電腦前。宗皓跟昱成一起經過時，探頭看了螢幕一眼。

「哇喔！戰神紀元！」

右邊個子最小的男孩立刻燦笑，左邊那個年紀最大的發出低低的噓聲，中間的皺著眉專注地看著螢幕上的戰士廝殺並操作滑鼠。

昱成忍笑裝作沒看到地走過去，宗皓則留下來看。

伊恩持攝影機經過時稍微停駐，鏡頭晃了一下，轉開拍別的去了。

王科長踱步過來。「玩遊戲也很好，小孩子就是要從小接觸電腦才學得快，玩遊戲也沒關係。長大了就會做正事。」

梨文走到最後面那桌。

兩位看起來至少高中年紀的少女在使用筆電。瀏覽網頁的那位開了幾個視窗，一個是關於港口部落，另一個是寶桑部落，好像都不是排灣部落。另一位少女的畫面是整片深深淺淺的綠，似乎是某種生態景觀。

曹宣荷與田校長陪同幾位地方人士到此參觀，兩個女孩馬上把畫面切換為桌面或別的什麼，梨文則退到帳篷邊。待這些訪客遠離後，鄭葳伶跟她說郭鄉長本來不肯出席，說不是縣長要來，怎麼換成了副縣長？三催四請之下，聽說有一筆協助推動計畫的補助金才姍姍來遲。

「麗紋石龍子。」梨文的聲音從擴音器中傳來。

梨文訝然抬頭。藍杰生拍的麗紋石龍子出現在大銀幕上，帶著尾部那抹鮮豔的電光寶藍。

昱成在藍杰生旁邊幫忙解說，大概是說這個老外拍到了一隻漂亮的台灣蜥蜴，他想知道叫什麼名字，於是問了旁邊的人，然後一位親切善良的台灣女士告訴他蜥蜴的中文名——梨文聽到這裡臉扭曲了一下，鄭葳伶則大笑出聲——但是他不懂中文。沒關係，他有全星發展出來的先進科技。

首先他讓語音辨識系統聽了女士的聲音，系統就把中文字打出來給他看。接下來他用這些中文當關鍵字，命令搜尋引擎給他英文結果，知道了這條藍尾巴蜥蜴叫做Elegant five-lined skink。整個過程不到半分鐘。如果還是嫌太慢太麻煩，可以直接把照片丟進全星研發的物件搜尋引擎——它比目前常用的以圖找圖引擎更強大，可以辨識出圖片的主體，和既有物件作比對。有了這些武器，他這個只會謝謝、泥嚎（你好）和好妻（好吃）這三句中文的老外，就可以走遍台灣，學到很多東西。

對於這一番解說，台下的當地聽眾們似懂非懂、半信半疑，但似乎都覺得有趣，也有點興趣。

馮國智接著上來示範語音辨識系統的本地應用，昱成在旁幫忙操作電腦。馮家母子在座位區第一排看得很專注，馮太太好像有點緊張。

梨文、鄭葳伶、涂宏弼、靜語、王科長、張院長等人在附近或站或坐。

馮國智首先要昱成用滑鼠點選鄉公所「本地農特產」網頁上的文字，讓電腦把它朗誦出來：「洛神花生長在熱帶和亞熱帶地區，擁有豐富的維生素，還可以促進新陳代謝。日昇鄉的環境與氣候非常適合洛神花生長，栽種面積及產量，可說是全省最大宗……」

「不是用排灣話念喔？」有位民眾半開玩笑地問。

馮國智恍若未聞，請了另一位民眾到連接電腦的麥克風邊，要他說幾個簡單的詞給電腦聽，讓電腦在銀幕上把這些詞打出來。

「部落」、「吃飯」、「天氣」、「火車」這幾個詞都順利成功。「班次」首先顯示為「凡事」，但再念一次就正確了，而「水蜜桃」不知為何顯示為「水蜜桃喔」。只有「排灣」這個詞，每次都顯示為「台灣」。念了十次，只有最後一次成功打出「排灣」二字。過程中民眾議論紛紛，最後甚至有人大聲說：「電腦歧視我們排灣人啦！」

大家一陣哄笑。馮國智一臉無奈地看著投影銀幕隨乍起的風稍大幅度地波動。馮太太抓緊了膝上的包包，指關節和筋脈有點突出。

「銀幕歪了。」協助示範的中年男子提醒馮國智。

電腦打出來的是「銀幕完啦！」

觀眾們又一陣大笑，連昱成也跟著一起笑得很開心。有人指著示範者大喊：「哈哈哈你的國語不標準！」

「這是系統能力有限所導致的，目前它對不同口音的容忍度很低，我們會努力改進。」馮國智將示範者請回後對大家說明，接著一臉疲憊地示意昱成關閉語音系統、切換畫面。

昱成似乎因為剛回神而有點手忙腳亂，銀幕在一連串操作所引起的一陣閃爍後，顯示出網路瀏覽器的「今日新聞速報」頁面。滾動式畫面一條條呈現出：「全球股市波動加大風險警示聲起」、「役男疑遭霸凌家屬按鈴控告國防部」、「竹縣消防演習民眾直呼逼真」、「少年北捷落軌 緊急停車系統保命」、「控告《潮聲》雜誌加重誹謗 高俊義受挫」……

「咦？」王科長驚呼。靜語面色陰沉。鄭葳伶一臉期盼地望向梨文。

「快關掉！」梨文對昱成說。

在他的操作下，語音系統卻開始朗讀這條新聞：「去年花東人文雜誌《潮聲》報導千樟嶺案，質疑花蓮縣府協助財團變更地目、破壞當地生態，遭縣長高俊義提告誹謗。花蓮地檢署昨偵結，以重大開發案屬公共事務可受公評且《潮聲》已善盡查證之責為由，決定不起訴雜誌社社長、總編輯、記者等三人。今高俊義表示，已和律師商量過，將聲請再議……」

昱成終於把語音系統和瀏覽器都關掉。

「你早就知道了吧？怎麼沒講？」鄭葳伶問。

其實梨文也是今天早上才知道的。在雜誌社得知對方將提出再議，她差點把資料室裡用來釘相關文件的軟木牆整扇拆下來，之後總編就突然跟她說原訂要來參加全星活動的娟穎身體不適，要她代為出席。

「這樣還不算你們贏吧？還要再議──」王科長說。

「再議應該也一樣。」涂宏弼說。

「你還有另一場官司吧？」鄭葳伶說。「跟那個說你是黃慎之陣營打手的什麼雜誌……」

「《新聞眼》。」梨文說。

「嘉琦有跟你聯絡嗎？」張院長問。

「嘉琦？」梨文只認識一個嘉琦。「以前在《潮聲》當過一陣子記者的趙嘉琦？」

「她大學時修過我開的『資訊素養』。她去應徵《潮聲》時，我還幫她寫了推薦信。」

「喔——對。你幫我們寫文章時，負責聯絡的人就是嘉琦。她怎麼了？」

「她說要跟你道歉。」

「她說她不是故意的。她只不過是隨口提了你好像和黃慎之很熟，他們就派別的記者去追這條線。她沒參與，他們做了什麼調查她並不知情，也沒料到報導會寫成那樣。」

道什麼歉？嘉琦不是辭職回去考公職了嗎？沒考上也不必道歉吧！

「你的意思是說——她去了《新聞眼》？」

「她父親——就是前立委趙秉彥——他和《新聞眼》老闆以前在黨內是老戰友。」

「趙秉彥好像準備東山再起了。」涂宏弼說。

「又要選？他內線交易坐牢，出來滿一年了沒？不是還有其他好幾件案子：詐領補助款、收取工程回扣……」鄭葳伶說。

大家開始議論紛紛，但是梨文的心思已經飄遠了。她踩著那些意義不明的細碎人聲，繞過銀幕邊的廂型車，步入活動中心門廊。

她想抹掉額角及太陽穴上應該有的汗水，可是無論哪裡的肌膚都一片乾燥。但她還是覺得渾身濕濕涼涼的，從頭到腳。靈魂像是離開冷凍庫一段時間的包裝食品，滴滴答答地流著融冰水。在腦裡轟隆隆響的聲音說的是：「對這個世界，你其實什麼都不知道！」

活動中心側面透天長廊的大片湖水綠玻璃牆外側是鋼架，內側有十幾根向內彎的木柱拔地而起、直通三樓屋頂，像倒覆的船隻骨架——不知道是剛組好的，還是船殼崩壞後留下來的大型牢籠。

梨文突然發現嘉琦和靜語的共通點：父親都坐過牢。

在長廊中段的樓梯底部，梨文點開手機，連上雲端硬碟，找出春節前夕嘉琦寄來的賀年卡照片檔。卡片背面是嘉琦工整的字跡：「……好久不見。再次感謝你在實習期間多方關照，讓我有機會轉任記者。離開《潮聲》後我學著適應新生活，很懷念以前大家一起打拚的日子……」

當時梨文想回信，但是把信封和卡片裡裡外外看了幾遍都沒找到寄件人地址。

卡片正面是一個大大的燙金「春」字躺在牡丹隱紋的一片大紅中，一撇一捺像企鵝搖搖擺擺地行走時撲拍著的一對胖胖短翅。「春」字下半部不是「日」，是一個圓形方孔、四角綁著黑繩的金色古錢，造型有點像救生圈。

一年半前，綠島

一陣大浪乘風襲來，撞上有如史前巨獸獠牙般的整排礁岩，炸出一座蒼白的浪山，眼看著就要在梨文和嘉琦的頭上崩塌。

梨文立即往下蹲。嘉琦側閃，但一手還抓著ＤＶ，重心不穩地向有車駛近的公路上滑移。

梨文放開緊抓欄杆的一隻手，伸向嘉琦，卻看到攤開來的指掌間染滿血漬，驚駭之餘將手一把收回。

嘉琦一臉無法置信，伸出去準備回握的手僵在空中。

一陣碎浪兜頭灑下，梨文通體透涼，手上的紅漬也被沖掉一些。她突然明白這其實是欄杆剝落的紅漆與鐵鏽，於是伸手用力抓住在逆風下掙扎著要回來這裡的嘉琦。

車輛早已遠去，風勢也緩和多了，梨文和嘉琦還是驚魂甫定地抓著欄杆，面向海，看著低緩而破碎的白浪不斷湧入，分別包圍一大一小、靠得很近的兩座礁岩，讓它們看起來像是兩座孤島——即使在海面下它們可能是連在一起的。

把眼光往回拉：布滿珊瑚屑、貝殼沙、礫石和海濱植物的海灘上，有座一．五個人高的饅頭岩，灰紅色澤像是洗刷無數次依然無法完全去除的鏽漬。岩石前約十公尺處有支木桿，上面掛著綁了四條白色織帶的桃紅救生圈，位置比饅頭岩稍高，像隻用無奈眼神俯視著梨文的大眼。

梨文翻過欄杆往下走。

「你幹麼？」嘉琦的聲音淹沒在風浪聲中。

梨文走到掛著救生圈的木桿前。嘉琦跟過去。「你到底要幹麼？」

梨文試圖將救生圈取下，差了一點沒搆著。設置者當初是怎麼想的？身高要夠才能救人？

比梨文高了五公分的嘉琦取下救生圈遞給她。這下確定了，救生圈是全新的，被密閉在透明套袋裡，數十公尺長的白色特多龍救生索緊密地纏捲成骨頭狀。

梨文試圖拆開袋口，但夾鏈和釘扣都咬得死緊。

風勢又開始增強，海浪也似乎一波比一波大、一波比一波近。

透明套袋被風吹得劈啪響。不知道是雨還是碎浪的小水珠逐漸密布在袋子上，像是發光的魚鱗。袋子似乎也變成一條魚，在手裡滑溜溜地扭動。

梨文改向袋口邊的縫隙下手。

「別弄了。」嘉琦的聲音裡有抑制不住的煩躁。

「萬一有人需要——」

「這裡沒人。」

兩人對視。

海灘一片空曠。沒人需要梨文救援。

會需要救援的，只有她們自己。

「啪嘰！」隨著一聲尖銳的長音，袋子從側面被扯開，救生圈也掉了出來。梨文才剛抓住救生圈中央的特多龍繩柱，一陣大風就將救生圈整個揚起，有瞬間梨文差點隨之騰空。

「走了！」即使在風聲呼嘯和浪濤轟鳴中，依然聽得出這是一聲怒吼。嘉琦粗暴地抓住梨文的上臂將她往上坡拽，她差點來不及將救生圈掛回木桿上。

至於外袋，早被剛才那陣大風不知吹哪去了。

「你該不會今天才知道你們那個實習生是趙秉彥的女兒吧？」鄭葳伶和涂宏弼一起來到長廊中段的樓梯旁，看到梨文坐在梯底發呆。後方是個門半掩的空教室。

「她來應徵時就知道了。」

當年看到嘉琦履歷表上的父親名字，她嚇了一跳，還有點慌，靜下心以後才開始閱讀嘉琦的自傳，上面寫著，她有記憶以來父親就忙著搞政治，很少回家。小學時，父親外遇，和母親離婚並取得她和弟弟的撫養權。母親後來赴美定居，數年後罹癌過世。父親離婚後不到一年就和外遇對象結婚。繼母一來這個家庭就聲明不生小孩，對兩姊弟也還算客氣，但嘉琦不愛回家，覺得沒有家的感覺……

去年嘉琦在轉任記者不到半年後說要辭職回台北考公職時，梨文問她是不是家人期望？她說想趁年輕時嘗試各種不同的工作。梨文說很多人公務員一當就是一輩子，她沒再回應。梨文那時覺得嘉琦應該還是想回家吧，畢竟那是她所唯一知道的家。其實，梨文來花蓮的頭幾年，康芸也常問她什麼時候回家，但誹謗官司前，康芸已經很久沒問這個了。

「造謠說你跟黃慎之利益交換的，八成有趙秉彥。」鄭葳伶說。

「許良正他爸也被趙秉彥坑過，成大讀書會事件。」涂宏弼說。

一九八〇年代初期，警備總部接獲密報，聲稱成大校內以人文思潮發展史為主題的讀書會宣揚馬克思思想並密謀進行叛亂活動，遂進入校園逮捕兩位教授、一位講師、三位研究生，控以顛覆政府的罪名。這群師生在各方奔走營救下於羈押數週後因罪證不足獲釋，但後來都遭到校方處分：老師解聘、學生記過退學，多年後才獲得平反。那位舉報者，外界推測應該是當時就讀該所且與讀書會發起人許思勉教授發生數起糾紛的「黨工學生」趙秉彥。

「裡面那個講師是我表姨。」梨文說。

「林錦玉？平反前就已英年早逝的那位？」涂宏弼問。

「對，我媽表姊。」

「那你還讓趙秉彥女兒進《潮聲》？」鄭葳伶說。

「我覺得是兩回事。」當年要錄取嘉琦，梨文有打電話告訴和表姊感情不錯的母親，她也是說沒關係。

「那他女兒知道你表姨的事嗎？」

「我沒說過。她應該不知道——應該……」梨文的聲音突然變弱。

鄭葳伶搖頭。宗皓嘹亮的嘶吼此時傳入長廊，隨之而來的是其他幾個可能是當地孩童的喊叫。

「大概是遊戲破關了。」雖然這麼說，涂宏弼還是向前門走，鄭葳伶也跟了過去。

梨文往反方向的長廊末端看，那裡隱隱透著戶外的自然光。

她開始往後走。

樓梯後面那個空教室，面向長廊的牆上有一排和她腰部等高的窗戶。午後陽光透過鑲著格狀鋁條的玻璃，在色澤溫潤的木質地板上投射出一個個淺金色方塊，像一扇扇可以通往不同世界的門。

教室內沒人，白色的桌面乾乾淨淨，沒有書籍文具，也沒有零食杏仁。

隨著前進的腳步，光線有了微妙的改變。

桌面浮現一本筆記，椅背上掛著一個背包，椅上有個本來垂著頭、一手持筆一手托腮的少女。她抬起頭來，對窗外的人微笑。

一眨眼後，除了在光束中旋舞的粉塵，桌椅上又什麼都沒有了。

只有地上的光斑所展示的，一扇扇進不去的門。

梨文繼續往前走。

無人的長廊上，電話鈴聲在某處響起，起初微弱，某瞬間變得清晰。有隻骨節分明的蒼白的手將手機從口袋中掏出。

在稍早梨文朝裡面看的玻璃窗內側下方，抱膝靠牆坐在地上的靜語直起身來。從她上方斜射而入的光柱一陣擾動。

出現在強光裡的靜語，輪廓模糊，五官朦朧，肌膚上每根汗毛都像是在發光，彷彿她這個人是光束中無盡旋舞的所有微塵所匯聚的。

看清來電顯示後，靜語接起電話：「……嗯……好，我馬上過去。」

7

梨文步出活動中心後門，本來以為一出門眼睛就會被強光照射得睜不開，但並沒有。反而是山坡的濃綠像堵牆般迎面而來，巨大而厚重，像是隨時可能倒在人與建築上：壓垮、擊潰。

沿著山坡往下走了一小段路，經過一棟石板屋。無數薄石板平整而緊密地疊在一起，看起來既像餅乾一樣易碎，又有種隱約的鋒利，像是古戰場上的刀刃碎片，稜角被時間磨得圓潤，依然強韌，但不知是否仍有殺傷力。

石板屋正門前橫躺著縱剖的半根圓木，三位居民坐在上面聊天。背後的灰藍木門兩側裝飾著硃砂紅的長條彩繪版，上面各有一位頭目，他們頭冠上的兩根鷹羽長得像是要直沖雲霄，中間夾著個約莫是太陽的圓盤。梨文覺得在屋簷陰影下，頭目圖騰像伸展著觸角的大甲蟲，太陽則是糞金龜孜孜不倦推著的滾球。

看到梨文經過，三位居民停止了聊天。有個盯著她看，有個斜瞄，有個轉頭看別處。

梨文低頭快步通過，不只是因為腦海裡不敬的想法而羞慚，也覺得似乎誤闖了什麼不可侵犯的空間。

山坡下，民宅聚集。一棟寬大氣派的兩層樓高水泥樓房前有著花木繁茂的庭院，左側面向道路處豎立著石碑。碑上，兩條百步蛇框起了芒果般的輪廓，頂端有著太陽及陶壺圖騰，底部則是人面紋，中央寫著「頭目之家」。以羅馬拼音及漢字顯示的巴然然（palalan），大概是頭目的名字。

樓房漆成了明亮的珍珠白，一樓有著大幅彩繪：膚色如金盞花的勇士對著社區瞪大了眼睛及嘴巴，無聲咆哮。長長的鷹羽從他後腦勺向前繞，有生命般恣意飛揚，像是他體外的舌頭，為他傳送著喝斥與教誨。

二樓的牆面上鋪著薄石板，不是剛才那種層層堆疊的，而是馬賽克般拼貼的。樹幹造型的欄杆是水泥仿木材質，基座上架設著兩具小型白色碟型天線，俗稱小耳朵，但更像是眼睛——兩隻空白無瞳的眼睛。

小耳朵下方的草地上豎立著信箱：木桿上方方正正的一個木盒子，畫了兩朵白百合，每一瓣都纖細修長、尾端捲曲，像是在風中飄搖，又像是留太長的指甲。帶點薄紫的血色在四周漫開，彷彿那兩朵花是鮮血所滋養的，但那些花瓣又如此潔白，不帶一絲鮮血的記憶。

來到社區邊緣，那裡有條約二十多公尺寬的溪流。溪橋的水泥護欄上鑲著一顆顆放大版的仿琉璃珠，約枕頭大小，圖案多元、色彩繽紛，連綴起來像是一列迷你版的彩繪觀光列車，駛向對岸的另一個社區。

梨文持相機追隨著琉璃珠向前走，離彼岸約七八公尺處時，十幾個人從右側住宅區轉彎上橋，大多穿著休閒，有些甚至近乎家居。男女老少皆有，有些看起來像一家人，大概有兩三個家庭。不少人脖子上纏著毛巾，像要健行。看到拿著相機的梨文，有些大人的表情略微警戒或詫異，小孩的眼中是好奇。梨文來不及讓路，人們從她的兩側迎面而過。短暫交會後，兩者背向而行。

下橋後梨文往右轉。路邊有塊大石碑，形狀像歪脖粗頸的陶壺，密密麻麻地刻滿了字。頂端是鮮紅的「日昇鄉排灣族遷移史」，下面的幾百個黃色小字有的掉漆，有的泛白。

往另一頭走的十幾人，下橋後往左轉走了幾步，來到一棟乾草覆頂的面溪磚屋。漆成嫩芽綠的牆明亮清新，但門窄而矮，裡面看起來黑洞洞的。門旁有個木牌，刻著「台東縣日昇鄉社區青年會」。剛下橋的那群人，有兩三個探頭進去打招呼，其他人直接走向旁邊的「虹源部落聚會所」。

聚會所門口兩側立著頂端有陶壺的石板柱，裡面是浪板頂蓋與鋼架構成的小型籃球場，兩邊可充做觀眾席的幾道水泥台階上已經坐了二十幾人。內側的司令台下，四五個人圍成了小半圈在商量著什麼。中間那人瘦削、平頭、白衫黑褲。

溪邊，梨文試圖閱讀碑上文字。「日昇鄉內的排灣族原住民，大多是在——」她後退了兩步，瞇眼。「在十九世紀初期因日本政府實施理蕃制度集團移住的政策，東遷至萬崙溪上游山區，此後並因天然災害、日本人瓦解反抗勢力等因素，歷經數度遷移。國民政府時期，因『山地平地化』政策及對優良生活環境的追求，族人從海拔三四〇公尺處往下遷居至海拔一五〇公尺的——的——」

梨文再退兩步，視野拉開，從石碑左邊穿出去的眼角餘光被彼岸的動靜所觸動。聚會所門口有點反光的紫背心屬於靜語，她背對著溪流和幾位青年說話。正對著她的那個男子，瘦削平頭、白衫黑褲，在衣著色彩繽紛的一群人中有些顯眼。

談了一會兒，從肢體語言看來，氣氛似乎變得緊繃，雙方都沉默下來。靜語點點頭，轉身離去。

這引起了梨文的好奇，她在溪流這頭也開始朝同樣的方向平行前進。前方約二十公尺處的綠蔭下，溪流較窄而淺，上方搭了座木板便橋。

梨文從便橋回到對岸後遠遠地跟著靜語，但轉個彎後她就不見人影。前方左側那片荒地似乎有些動靜，梨文信步走去。

荒地與馬路之間隔著一個ㄇ型水泥框，有點像是神社入口用來區分神域與人界的鳥居簡化版。

梨文一腳跨入。框內既沒有神也沒有人，倒是有一大蓬灰白枯枝所纏繞成的巨大三角錐橫躺在地上，像是龍捲風肆虐後的殘骸所構成的龍捲風模型。有兩根比較大、比較粗的多杈樹枝凸出於錐狀體、向天空伸展，像對鹿角。其中一根的某個杈上還掛著一個黑色輪胎，像是巨人的套圈圈遊戲。

梨文試圖繞過枯枝錐，走了幾步就踢到散落在泥地上的幾大塊形狀不規則、部分邊緣銳利如刃的白色碎片。這不是什麼史前巨獸因長久曝曬而發白的陳年遺骨，而是陶瓷馬桶的碎片。梨文踹開一塊特別大、有著隆起圓弧的，聽到右前方傳來輕微的窸窣聲。她抬起頭來，看到帶點紫的陰影迅速消失在一道黑色山形牆後。那道牆右翼低左翼高，中脊和右翼間有道彎折，看來是房屋轉角處的斷垣殘壁。

梨文繞到黑牆後。沒人。右方是一道堤防般高起的土坡，坡上有座香蕉林。她猜想靜語該不會和上次一樣遁入了香蕉林。才微弓著身體舉起右腳準備踏上土坡，她腦袋側面頂端就受到劇烈撞擊，整個人像是被巨靈之掌掀翻，瞬間眼前一片黑，彷彿前面整座土坡連帶上面所有香蕉樹都要崩垮在她身上。

她短暫感受到即將被活埋的恐懼，伸出右手迫切地想要抓住什麼，上臂卻打到牆垣凹凸不平的上緣，一陣劇痛，結果整個人還是仰跌在地上。

她試圖抬頭，但頸子才稍微向上施力，腦袋裡所有東西就好像都集中到頭頂剛才承受撞擊之處。與其說疼痛，不如說整個腦袋都在膨脹，好像有許多一顆一顆的東西如雨後春筍般長出來，像是釋迦果上密密麻麻的疣狀突起。想吐，但吐不出來。

她想爬起來，但剛才打到牆的右臂沉甸甸的、不聽使喚，暫時脫離了頭腦的管轄，卻又把腫痛毫無保留地送回去。她改用左臂。支起半邊身軀後馬上嚇了一跳：泥地上有顆大約是她腦袋一．五倍的紫色香蕉花正對著她，暗沉沉、黑黝黝地像是個既新鮮又陳舊的人頭，說陳舊是因為色澤，說新鮮是因為還腫脹著。鬱紫的苞片反射出無機質的些許森冷銀光，像是有人用睥睨的眼光冷冷地瞧著你。

和「凶器」對瞪了一會兒，梨文斜挑眼看高踞於右上方的那一小片香蕉林：坡邊那排樹上沒有哪株懸垂著光禿的花軸。就算有，香蕉花會從花軸上直接脫落嗎？不管是從花軸掉落或是從坡頂上滾落，力道會這麼強嗎？

「起得來嗎？」

不知該說是冷酷還是僵硬的語調。

梨文勉強將頭扭向左側的聲音來源。靜語站在一個ㄩ形水泥架的右柱內側。

梨文先將目光投向地上那顆香蕉花，再望向靜語。

靜語聳肩，表情不置可否。

真的不是她嗎？不是為了遏止梨文跟蹤而拋擲的嗎？

靜語向後退了一步，腳後跟撞到後面的幾根竹竿，引發一陣清脆響亮的撞擊。她的表情和身姿明顯緊繃了些。

鋪滿黃草白葉及破磚碎瓦的泥地上縱躺著一落約十幾根的長竹竿，在像是殘缺畫框的水泥架裡看起來像是一捆長毛象牙，細細長長地往地平線延伸，但去路被荒地邊緣種著的一排檳榔樹阻斷。

操場邊的小葉南洋杉像是學校的守護者，這裡的檳榔樹卻像是看守著什麼的獄卒。如果像梨文一樣半躺著，它們就是筆記本上的橫紋。後面的天空是紙，前面的靜語是意味不明的圖繪。

「可以起來了嗎？」靜語沒有一點要上前幫忙的意思，語氣裡卻有種迫切感。

梨文才手腳並用地站起來，還沒來得及直起身，一團黑影就從她腦袋上方呼嘯而過，泥地上頓時自體分裂般多了一顆和原來那個沒什麼兩樣的紫色香蕉花，落地時還激起一小陣沙石雨。

梨文的眼睛被砂石噴到，腦袋再度後仰，咚的一聲在黑牆上磕了一下。

「快走！」靜語幾乎是用吼的。

雖然隱約覺得靜語吼的對象不是她，梨文還是踉踉蹌蹌地奔入殘缺的水泥畫框中。跑沒兩步，腦後就又有什麼從香蕉林方向拋過來的呼嘯聲。在不明就裡所帶來的恐懼中，竟夾有一絲興奮與期待，好像童年時和玩伴一起進入一個未知的世界裡探險。

在雜亂竹竿間，靜語輕巧地跳躍、挪移，快速前進。

前方凌亂的長竹竿像是通往目的地的眾多軌道，時而重疊、時而交錯，帶有隨時可能讓行駛中的列車卡住、翻覆的無名惡意，在這其間挪移的靜語敏捷得像頭小鹿，又彷彿生長於此地。

梨文舉步維艱，不是找不到落腳處，就是鞋尖卡在哪個縫隙裡，要不然就是腳踝撞上竹竿。她像是一個被迫玩竹竿舞但完全抓不住節奏的路人。即使如此，也跌跌撞撞地來到種了一排檳榔樹的荒地邊緣。

靜語穿過檳榔樹左側的椰子樹叢，率先進入一處廢墟。

她放慢腳步，找到一個夾雜磚瓦礫石的土丘，站上去後以帶著戒備的目光環視四周。

輪廓尚稱方正、約四五百坪的大片空地上鋪滿了細長、糾結、捲曲的灰黃枯草，像是猶帶怨氣的無數先人遺髮。

堆在土丘前也就是枯草之庭左翼的是七八十枝長竹竿。竹竿這麼長、數量這麼多，幾乎讓人以為這裡是排灣族五年祭的準備場所。但這些竹竿還是短了點，表面也不夠光滑，竹節都還浮凸著、沒削平，無法作為祭竿。

這些竹竿縱橫交錯地堆疊著，凌亂程度比剛才那一落高了數倍，結果卻隱約呈現出一個五芒星輪廓，像是個魔法陣。中間的空洞像口五角淺井，焦痕與焦木遍布，但不斷地閃爍金色的碎光。

有道焦痕特別粗、特別長，像是什麼人黑色披風的拖襬，從五角井中央沿著左上角的星芒一路延伸到荒地北邊，那裡有七八間殘破的平房。

靜語的目光投向終於跟上來的梨文。

「剛才那些香蕉花是——」梨文問。

「你頭上有草。」靜語邊說邊步下土丘，東張西望地沿著竹竿陣的外圍走，似乎想找到一處可通往五角井的縫隙。

梨文用手指梳理頭髮。草葉和砂石紛紛掉落，有撮硬邦邦的東西從額角垂落但撥不掉。

那不是草莖，是被什麼聚合在一起的一束髮絲。她摸摸太陽穴及額頭，並沒有感覺到任何外傷，雖然被香蕉花砸過的額頂有著輕微的鈍痛與腫脹。她把髮束末端拉到嘴巴前，伸出舌尖舔了一小口。

甜的，很甜。湊到鼻尖一聞，還有絲微酸清香。應該是早先香蕉林裡從苞片邊緣滴落的蜜露——從天而降的眼淚。

髮絲沾上的如果是被石頭砸破的傷口所流出的血，應該也是這樣硬邦邦地凝成一束，像是新買的毛筆，筆頭還膠合著，無法寫字。

梨文接著捲起袖子查看自己的傷勢。手臂已經腫脹變色，碰一下就痛得齜牙咧嘴。她放下袖子。「這算是報應吧？」

靜語停步回望。

「感受無名的惡意。」梨文補充。雖然不知道剛才那些香蕉花是誰扔的或為什麼而扔，但總覺得並非沒有惡意。果真如此，她反而有種鬆了口氣的感覺，彷彿稍早和多年前兩度無視他人身遭無名惡意之苦的自己，得到了雖程度無法比擬但性質相稱的小小懲罰。

靜語繼續往前走。

「我爸也被趙秉彥誣陷過，說他密訪大陸、擔任執政者傳聲筒、洩漏國家機密。」

靜語彷彿漫不經心地提起。

「咦……？」

「可笑的是，後來事實證明，他誣賴別人的事，都是他自己曾經做過的。」

梨文不知道靜語為什麼說這些。變相安慰？

靜語又停步。「我是騙人的。」

梨文更迷惑了。「哪件事？你父親被趙秉彥陷害？還是趙秉彥才是賣國賊？」

「都不是。是我被人砸石頭的事。」

「……」梨文沉默良久才吐出一句：「為什麼？」

靜語只是搖頭。

梨文全身無力。「不是你，很好。但在這個世界上，在那個時間點，還是有某個人被砸了。

「我被砸過。」

穿制服背書包的靜語走在路燈幽暗的巷弄中，一邊是一樓多為店面的公寓，另一邊是學校外牆，牆內是四層樓高的國中校舍。

咻的一聲，有什麼東西從靜語的額角掃過，起先以為是一小陣短而急的風、一枚狹長而邊緣銳利的葉，還是一隻振翅而過的甲蟲——直到細微而清脆的竹籤落地聲在她腳前響起。

靜語立刻閃到一旁，不是本能，是長久以來的遭遇所培養出的習慣。她斜眼瞄到一顆狀如小指的石頭飛越她原來的行進路線。

她轉頭尋找來源，另一顆石頭馬上朝她右頰飛來。她的胎記上半部燃起了一陣灼痛，而右眼也被隨石頭而來的粉塵噴濺。

略乾澀、有點像半啞的嗓子試圖清痰的石頭落地聲隨之響起。

靜語摀住半邊臉及眼，朝發射源怒視。

某間生意不錯的滷味攤旁有幾間鐵門拉下的店鋪，前面的騎樓邊三三兩兩地站著七八個同校女生。好幾人手拎一袋滷味，有兩三個正在吃，彷彿這是搭配他人困境這杯苦酒下肚的最佳小菜。

如果靜語現在轉頭往地上看，就會發現離她約一點五公尺處所躺著的那第一枚「石子」，其實是啃乾淨了的雞頸椎骨。

「誰丟的？出來！」

騎樓邊那群人一片靜默。前面和中間的四五人沒有出聲或移動，頂多只是把頭轉開些或移開視線。吃東西的人閉著嘴默默咀嚼著。

最後面那三個，有兩個夾著書包悄悄移動，步伐異乎尋常地慢，到底是不想引人注意，還是既怕惹麻煩卻又捨不得後面的好戲，就不得而知了。不過，走這麼慢反而更引人注目。靜語僅憑一半的視力，還是立刻認出其中一位是校內跟她同班的吳秀碧。即使騎樓內側光線不足、看不清她的臉，但光憑身形就可以確定是她：矮個子、粗腿翹屁股，走起路來有點左搖右擺，側揹的書包在屁股上簡直跟安放在腳踏車後座上有異曲同工之妙。

雖然從她剛才站的位子來看，石頭應該不是她丟的，但靜語還是把獨眼的目光投向她，因為她目前是靜語唯一認識的。或許是感受到了，吳秀碧加快腳步，但沒有轉頭迎上靜語的目光。

彷彿覺得單隻眼睛的威力不夠，靜語把摀住半邊臉的手放下。右頰的胎記上有明顯刮痕，沒流血，周遭的皮膚略微泛紅。

比剛才開敞的視野中，多出站在滷味攤另一頭的兩人。其中一個側對這裡的，自然捲的頭髮膨得像羽扇，跟補習班裡坐她隔壁的那個一樣。

靜語開口，自己也不知道想說些什麼。

對方的臉略轉向這邊。

一張陌生的臉孔。

靜語閉上嘴。

靜語在竹竿陣中找到一道空隙，向五角井前進。

欲深入時，一枝橫躺的短竿攔住去路，靜語把它踢開，卻引發連鎖效應：一整落竹竿嘩拉嘩啦地隨之滾動，像是炸響了一小串鞭炮。靜語環顧四周，一看沒什麼動靜就繼續往前走。

五芒星竹竿陣右上方那支尖角的形狀有點崩壞，卻為後面的梨文開出一條快速道路。

靜語來到五角井邊，和腳下的一個大眼睛對瞪——那其實是作為五角井邊欄的一枝竹竿上的圓洞，左右暈開的灰色粉漬構成眼白，兩側末端的黑色焦痕像是眼線。這枝竿子似乎和五年祭的那些刺竿一樣曾被烘乾塑直，圓圓的洞眼是火烤前為了讓熱氣排出而事先用電鑽打出來的。

梨文來到靜語旁邊。「誰砸你？」

「不認識。只知道是我們學校的。」

「不認識幹麼砸你？」話一說出口梨文就覺得這個問題很蠢。不只蠢，還耳熟。幸好靜語沒回答，只是蹲下來看那口淺井內部。

被焚燒過的地面寸草不生，大片焦黑間點綴著小顆礫土，像是什麼人起了一身疙瘩。黑得幾乎發藍的條狀焦木四處散落，這裡一段，那裡一根，斑斑亮黃閃爍其間。

梨文俯身查看，頭皮一麻，覺得背上起了一大片疙瘩，腳邊的礫土都上身了。

那是上百隻黃粉蝶，東一群西一簇聚集在焦木上，邊拚命鼓動翅膀邊用捲曲如鉤的口器貪婪地吸取焦木的精華。

梨文走進五角井，穿梭於焦木間。黃粉蝶在她靠近時要不是不為所動，就是騰空拍翅一番，馬上回到原位繼續進食。

一段特別粗、特別短的焦木上，密密麻麻地停駐了二十幾隻黃粉蝶，整體看來像是一隻二十幾對步足都異樣膨大的變種蜈蚣。

黃粉蝶與其說是停駐在焦木上，不如說是攀附：六隻細長而彎折的腳在烏黑發亮的木炭上星狀開展，格外鮮明而驚悚。每隻腳都像是即將刺入皮膚的注射針，而那塊木頭上彷彿有一百多支注射針同時刺入一小截焦黑的手臂。

剛才問靜語不認識的人為什麼要丟她石頭的梨文，突然更自覺愚蠢了。

梨文沿著地上最粗那道焦痕往外走，找不到路就直接踩在竹竿陣上，剛才步履維艱，現在竟舉步如飛。靜語從原路退回，但兩人殊途同歸，最後都來到廢墟前。

那是一列七八間連續不斷的斜頂方窗平房，左邊那兩間的牆上有明顯的火燒痕跡，其他幾間的淺灰牆面暈染著大片深灰，好像永遠瀰漫著濕氣的水漬。每間屋子都有著大小與高低有微妙差異的一兩扇方窗。一段距離外看來，每扇窗都是一個個幽黑的眼洞，都是獨眼，沒有兩兩成對的。

這些平房本來都是斜頂的，但其中四五間這一側沒了屋頂，好像什麼人的天靈蓋被掀開了一半。

殘留著屋頂的幾間裡，有一間屋頂的大片石棉瓦從中塌陷、部分崩落，邊緣的殘瓦垂落如谷，上面還鋪著枯葉與乾草，遠遠看過去像是夏天鋪的涼蓆，但這空中涼蓆無法支撐躺臥者的體重，一旦掉下去，就會像是融化在空氣裡一樣消失無蹤。

隔壁那間的鐵皮屋頂也是從中塌陷、破裂，垂落在破洞邊的細直紋鐵皮有著柔和的翻捲弧度，像是一張正要輕輕地飄落在什麼人身上、把他／她溫暖而安全地包覆起來的毛毯。

「丟我的都不認識，不過觀眾裡有個我們班的，幾年前我在公家機關做約聘、辦活動時，她主動來打招呼……」

那是約可容上百人的某縣市政令宣導活動會場。接待處旁，成年後還是比靜語矮大半個頭的吳秀碧一身典型的上班族套裝，外套下襬有點長。即使靜語冷冷地看著她，她還是笑容可掬：「現在跟以前真的完全不一樣，你們家現在可好了！」

靜語走到石棉瓦屋頂塌陷的那戶前，默默地盯著窗洞。右半邊是分割成上下兩格的木頭窗框，格子的底部都還殘留著碎玻璃，色澤濁綠，形如鋸齒。左半邊沒玻璃，只鑲了三根鐵條，雖然生鏽但看起來很牢固。

窗洞右側一公尺處的牆上有道寬敞的垂直裂隙，梨文一腳跨入。屋中有座破磚碎瓦堆成的小丘，夾雜不少玻璃碎片，在屋頂破洞瀉入的陽光下閃閃發亮。

「我本來以為你跟她是同一種人。」靜語透過鐵條對梨文說。不知道是不是梨文的想像，她的語調似乎帶有一絲歉意。

「好像也沒什麼差別。」梨文透過沒鐵條的那邊說，下意識想避免鐵窗內外對話的情境。

對靜語而言，監獄並不只是一個鑲了幾根鐵條的小窗，而是寬廣無邊的。你走到哪裡，看不見的牢籠都如影隨形地跟著你，而所有的人都是你潛在的獄卒。

「離開前，她還說想跟我交換私人的聯絡方式……」

政令宣導活動會場的門外，靜語抱著一個紙箱，離吳秀碧有點遠。「有公務電話就夠了。」她邊講邊走。

對方愣了半秒後，發出一聲嗤笑。「怎麼啦？還介意以前那些事？」

某些看似怯懦、遲鈍的人，在攸關自己利益的事情上敏銳得驚人。不過，自己沒下手、只是袖手旁觀，就可以理直氣壯地說是「那些事」？靜語頭也不回地走向車道旁後門上掀的廂型車。吳秀碧繼續跟。

「你要學會放下。像我以前還不是被霸凌，長大就想開了。那時候大家年紀小不懂事，沒什麼好記恨的。」

靜語停步轉身。今天跟吳秀碧講的話，搞不好比以前同班三年加起來的還多。「你被霸凌過？」她的目光不自覺地投向那過長的外套下襬。

「你不記得了嗎？吳秀碧——愛秀屁……我常被這樣亂叫，還有什麼屁姊、屁娘、大屁侏儒的。她們不是學我走路，就是在我經過時發出鴨叫。還有人用掃把戳我屁股，然後假裝跌倒；背地裡討論我是不是跟人『做』過，又說怎麼可能她又矮又醜……」

靜語轉身側對鐵條。「她講的我不是一無所知，但我也從沒幫過她。」

「你沒有那個能力。」

「如果我可以用這個理由原諒自己，那我也可以原諒別人嗎？」

梨文默不作聲。她想要說，吳秀碧這種霸凌和靜語那種不能相提並論。但是，之前尤欣對田校長說很多學校人數比平和國小更少時，她不是還覺得沒有誰的煩惱比別人更值得或不值得關注嗎？

靜語轉回來望向屋內。「以前我爸坐牢時，我放學後很喜歡走在有整排這種小屋的巷子裡。看著裡面透出金黃色的燈光，總覺得每間屋子裡都有一家人忙了一天後聚在一起，好溫暖，好幸福。」

靜語走入屋內，看了閃亮的沙石堆一眼，突然笑了一聲。「結果我爸出來以後都在外面忙著搞政治，很少回家。」她舉步穿過整間空蕩蕩的屋子，從另一邊的門出去。

靜語的話好耳熟。梨文在屋脊下駐足。這裡有股濃烈的焦苦味，和煙燻杏仁完全不一樣，不帶一絲甜；無比厚重，像是一層焦、一層苦、一層焦、一層苦不停地往上堆疊；聞多了或是一口氣吸得太深，焦苦裡會有股尖銳、冰冷、金屬質地的酸像一把利劍般對你突刺。

梨文站在那裡，深呼吸。她試圖從記憶中提取一絲甜來中和，突然理解她對煙燻氣味的喜好來自童年時的祖父母家。那是半山腰上稻田、果園和魚塭之間的三合院。清晨天將亮未亮時，廚房大灶的炊煙，屋簷下堆放著的一捆捆乾柴，以及在山林間飄蕩著的、田間泥土與露珠交織的氣息。除夕夜則有團圓火鍋：木炭在有著長頸煙囪的銅鍋裡燒得很旺，鍋裡濃郁的高湯噗嚕嚕地滾著，吐出一叢叢魚眼大小的泡泡；孩子們簇擁在桌邊，臉蛋被熱氣蒸烤得紅通通的，偶爾因為鍋邊溢了一點湯汁而誇張地驚呼，屋子裡瀰漫著食物的甜香和炭火的焦嗆……

小學畢業後，梨文就再也沒回去過了。

靜語從另一頭走出屋外後，佇立在門廊下。

她頭上那排屋頂尚稱完整，但有大片焦痕從屋簷底部向屋脊延伸，如雲似浪，頂端殘留著少許石棉瓦原本的灰白，整體還是像被地平線湧起的黑色惡霧逐漸吞噬的絕望天空。

平房前方不遠處是個網球場大小的水潭，浮萍像張粉綠色的絨毯般覆蓋了大半水面。毯子的幾個破洞裡，透出映著天光的灰藍水色。水潭右側是一排二十幾株檳榔樹，旁邊有個開口通向散立著幾間矮房的緩坡。坡下是住宅區，沿著外圍道路就可以回到還在進行資訊教學展的社區活動中心。

梨文還是沒出來。靜語舉步，以不快不慢的步伐往前走。

那個女人可以自己找路回去。不是記者嗎？一個喜歡跟蹤人的記者如果還迷路那就太可笑了。

離緩坡開口還有一小段距離，水潭邊斜躺著一大落枯枝黃葉，像是奔馳千里後力竭倒地的一匹馬。一直渴求的飲水就在眼前，就差那麼一步。

靜語止步，就差那麼幾步。

這麼久了，還是一樣。以為學會了遺忘和助人。沒有。

那年父親在地方選舉中捲入派系之爭，遭受多方攻擊：媒體的不實報導，滿天飛的耳語及黑函，連她都被指為利用特權才得以進入公家機關任職。競選服務處被扔汽油彈、自用車玻璃被砸碎，公寓住所的一樓外牆被噴漆。不斷有陌生人來電，有劈頭就罵的，有不出聲的。

靜語走在路上看著人來人往：都不認識，都是潛在攻擊者。他們不知道什麼時候會傷害你，有意的，無意的。你無能為力，必須隨時保持警戒。她覺得無比孤獨。這個看似冷靜的世界深藏惡意，和國中時沒什麼不同。如果下一刻地球即將毀滅，而她有能力拯救——她一定不會救大家，也不救自己。

那天是禮拜一，她要從樹林搭火車至花蓮市再轉車至光復。她早到二十分鐘，電聯車剛把通勤客都載走，月台沒什麼人。

她往二車候車處走。經過三車時，一個四十開外的男子佇立在走道中央，將目光投向她。她起了警戒心。

男子穿著白襯衫深藍色長褲——是站務人員？好像不是。不是因為服裝太素、沒什麼標誌或配備。是他的表情：眼神難以言喻，沒有乘客常見的好奇、無聊、冷淡、疲憊或期待。明明很空洞，卻好像在尋求什麼。

靜語側身繞過他時，他生了根似的站在那裡不動。

她沒像往常般在心裡嘀咕著又是個我行我素的典型台灣人。掠過他面前時，感覺他似乎想說什麼，而她的腳步也有零點一秒的遲滯。

她終究沒把臉轉過去，只是直向前走，臉上的表情走得可能比腳還快。

他什麼也沒說。她走開了。

列車駛離時，她從靠窗座位上往月台看，隱約看到他還佇立在那裡，附近沒有其他乘客——大家都已搭上這班車了。他頭低低的。地上除了黃色導盲磚，沒什麼別的可看了。

他到底是要搭哪班車呢？

一路上靜語都在看窗外風景。在車上她至少可以鬆口氣，一下車，一切又將襲捲而來：龐大、無所不在、無面目、深具壓迫感和權威性。

經過這次選戰，她覺得自己至少有項領悟，就是別再妄想靠別人了。你坐在那裡袖手旁觀，期待世界改變，結果世界依然如故。那你要怪誰？怪那少數奮鬥的人不夠努力？還是怪自己是否曾有機會做些什麼卻沒做？

在花蓮下車時，月台上人很多，而且騷動著。有人揪住站務人員大聲質問：車到底什麼時候才會來？好像是比靜語那班晚發、但本來應該更早到的太魯閣號誤點。

她匆匆走向別的月台，轉乘南下的區間車，要去光復參與內政部移民署針對新住民女性舉辦的居停留宣導。

中午，靜語穿梭於會場中鐵椅木桌組成的座位間遞送便當給與會者時，聽到電視新聞播報：「今晨七點二十分，樹林開往花蓮的太魯閣號進站時發生意外。一名男性乘客從第二月台第三車的位置跌落軌道，捲入車底。列車煞車不及，將他拖行二十多公尺到五號車位置，經搶救仍然不治。意外發生時適逢通勤尖峰，台鐵班次大亂，列車普遍延誤……」

靜語遞出手上最後一個便當，邊走回前面還堆放著好幾落便當的長桌，邊抬眼看牆上小小的電視螢幕。

「……根據警方調查，死者是四十七歲劉姓工程人員，平日都搭台鐵至台北市上班。家屬表示劉某最近生活正常，無自殺理由，懷疑遭人推落。火車駕駛表示：『車子到的時候他從月台上一躍而下，旁邊沒有其他旅客。』這起事故的真正原因，尚待警方進一步調查。」

沒在電視上看到男子生前的照片。鏡頭裡的他，在月台與列車間狹窄的軌道縫隙裡。一團小而癟的扭曲形體，看似萎縮，其實是不完全。幾位上班族模樣的乘客經過時都瞄了一眼，表情都沒什麼變。

看不到臉，只看到黑髮覆著的後腦。不能肯定是他，但覺得是。不是他，其實事情還是一樣。

新聞末尾出現另一部分的他。

列車駛離後，可以看到幾個黃頭盔黃上衣的台鐵員工在另一側軌道間搜尋，其中一個左右手各提一袋輪廓不規則的物品，左手的約超商購物袋大小，右手的約高爾夫球桿袋。

不要妄想拯救世界了，連救一個人都無法。

如果多停一秒。

如果對上眼。
如果微笑。
如果點個頭。
如果說聲借過。
如果聽他說話。
如果跟他說話。
如果，如果不要把別人都當敵人。
那麼多的如果，結果可能還是一樣。
但會不會有萬分之一的可能，事情不是現在這樣。
那天下午她邊努力和新住民女性溝通並試圖回答她們的所有問題，邊下決心：有能力就幫助別人，別假定人都心懷惡意。
後來她照做了。今天發現，這改變不了什麼。她還是那個充滿怨懟的自己。
梨文終於步出屋外，一出來就望向水潭彼岸：一列修剪整齊的矮樹叢後，矗立著高低有致的幾間雅致屋宇。

「你以前很喜歡畫這種小房子。」靜語說。

「咦？」

國中補習班教室的黑板前，老師持麥克風連珠砲地講解著三角函數。在末排邊角的座位上，靜語邊聽講，邊偶爾斜瞄鄰座。她埋頭塗寫的那本B5大小的筆記，左頁整整齊齊地抄寫著各種三角函數定理，圖又大又好看，有個畫得像寶石切面的，還用彩色鉛筆上了粉桃和淺藍的顏色。

她代數很差，三角函數卻還可以。靜語總覺得她是因為三角函數有圖可畫才比較用心聽，其他科目她很多時間都是在筆記上自顧自地塗鴉。像是現在，她就在筆記右頁畫著和課程完全無關的圖。

她常畫這種斜屋頂、拱頂長窗、有角樓或尖塔的小屋，周遭疏疏落落地栽種著松杉柏類的樹木。屋子有時繁麗到像座教堂，有時破敗得像要倒塌。外牆有時只有幾道陰影，有時栩栩如生地表現出磚砌的紋理。圖裡大多沒人，有時候會有個短捲髮大眼睛的瘦小男孩。

今天的屋子小小一間，位於畫的左下角，延伸出來的一道石砌矮牆橫跨了大半張畫。矮牆中間靠右的地方有個V形裂口，裂口左側的大橡樹下，一個男孩坐在那裡，低頭抱膝，把身子縮成小小一球。

某天晚上，還沒到上課時間。補習班教室裡，來的人還不到一半。靜語在座位上研讀英文筆記，把某個抄得不清楚的地方圈起來，等鄰座來後再詢問。運氣不錯，不定時分心塗鴉的對方竟然有抄到。將筆記借給她後，對方就去飲水機那裡裝水了。

靜語開始翻閱筆記，國英數全被抄在同一個本子裡，還夾雜許多塗鴉；幾張大圖的背面整頁留白。她翻了一會兒才找到要查的英語單元「動詞時態與動詞形式綜合運用：過去單純式與過去進行式」，旁邊那頁是一整張圖。

瀰漫於圖右側的霧氣中有一幢斜頂石屋，牆上有著以介於破折號與刪節號之間的筆觸潦草塗繪的磚縫或裂隙。不遠處有株松樹，樹下坐著一個小男孩，後方的草叢裡有兩座墓碑隱約可見。

男孩這次把頭抬起來了。他一手擱大腿，一手支膝托腮，望著遠方出神。他的右前方有株矮樹，樹下有座隆起的小土丘，插著一支歪斜到快要傾倒的十字架。

裡面是什麼？年壽已盡的寵物？早夭的嬰兒？

靜語正猜想著，鄰座拿著裝滿的水瓶回來了。

靜語有點尷尬，覺得好像偷窺被逮到。為了掩飾，她隨口說了：「這張不錯。」

對方一臉驚訝。「喔，你喜歡？」

「嗯。」靜語漫應。圖有點意思，但說不上喜歡。總覺得沒什麼原創性，大概是某本西洋故事書的插圖。

對方好像很感動。「喜歡的話可以給你。」

「呃——謝謝……」

靜語這模稜兩可的回覆被當成了肯定。對方從靜語的手上接過筆記本，稍微翻了一下背面確認是空白頁，就把它唰的一聲撕下來遞給靜語，而她也只好收下，心想回去再處理。

廢墟前的水潭邊，白底黑網紋翅膀的石牆蝶在開著白花的鬼針草叢間飛舞，梨文跟著牠往水潭左岸走。靜語落後一兩步，慢吞吞地同行。

「你給過我一張圖。」靜語說。

「喔……有嗎？」

「裡面除了房子，還有個小男孩——那是什麼故事？」

梨文邊走邊想。「忘了是哪裡看來的，故事好像是說孩子的母親十五六歲到城裡工作，幾年後抱著小寶寶回村裡，父不詳。她生完孩子以後身體一直沒恢復，沒多久就過世了。外婆帶著小孫子住在村子邊的小屋裡，靠打掃教堂賺點生活費。村裡的人瞧不起私生子，孩子沒玩伴，常一個人坐在教堂後面的墓園裡發呆。故事後來的走向好像是勵志還是奇幻的，記不清楚了。」

「那你為什麼常畫這個主題？」

「小時候我爸媽分居過一段時間，小孩跟著媽，連祖父母家都沒辦法回去。後來恢復聯絡時，他們已經賣掉鄉下老家，搬進城裡去了。」

「哦。」

梨文沉默了一下。「……對不起。」她突然說。

「什麼？」

梨文回望那一排屋頂上焦痕如雲的平房。「我長大才知道，當年我爸想離婚，其中一個理由是我媽他們家那邊『不乾淨』，害他在公務機關被貼標籤、升遷不順。」

那排平房最末尾那間，鋪滿乾草和落葉的屋頂上長著草與樹。但樹並不是真正長在屋頂上，而是從牆邊一路盤根錯節地爬上去，最後穿破屋頂。

「所謂不乾淨，指的是我媽家有政治犯。」

靜語望向梨文。

「我舅公林克培，就是我外婆的哥哥、我媽大舅。他從日治時期開始從事台共活動，一九三〇年代被捕。」

石牆蝶早已沒了蹤影，她們還是繼續往前走，逆時針繞行水潭。

舅公的傳記裡，有項描寫讓梨文印象深刻：他在獄中的第一份工作是裂黃麻，就是把濕潤的黃麻撕成約一公分寬的絲，每百根麻絲捆成一絡，一天裂上七八百根。

寫到這裡，他說他當時並不知道這些麻絲是幹什麼用的，而梨文猜想這些麻絲會被用來織成麻布袋，裝殮那些比舅公早「離開」這裡的獄友們。如果再不想辦法，他所親手撕裂的最後一批黃麻，終將覆蓋在他自己的身上……。繼續往下讀以前，梨文有天甚至做了情節類似的噩夢。在傳記的較後面章節裡，舅公揭露：這些麻絲只不過是用來編啤酒瓶袋的，但梨文之前的黑色想像早已蝕入她自己的腦袋深處。舅公後來寫道：他服刑五年後出獄，但同案被判刑者多人病死獄中，或保外就醫依然不治。

「二二八事件後，我舅公參與中部的武裝起義。被政府軍追捕時，他跑到我外婆家，先是藏在我媽房間裡。過了一陣子我外公生病，他就以照顧病人為由混進醫院。後來我外公還幫忙他找船隻偷渡。」

臨走前要打包，他拿了梨文外公的一本簡明英漢詞典，又從梨文外婆的相簿中取走一張十多年前拍的全家福，然後給了梨文母親一些鉛筆和本子之類的文具，叮嚀她要好好念書，那時她剛上小學。

他在自傳上寫著，他母親問他什麼時候回來，他一時答不出，但在駛離台灣的船上遠眺玉山時，發誓一定要回來。

梨文一直好奇：在他離境的航線上，真的看得到玉山嗎？

「一九四七年，他從左營逃到廈門，再也沒有回來過。」

梨文與靜語步上潭邊矮樹叢與雅致屋宇間黑色與白色鵝卵石鋪成的小徑。其中一戶有著迷你塔樓和一堵用彩色碎瓷磚拼貼出卡通圖案的外牆。

「你們家——你媽他們家——有被牽連嗎？」

迷你塔樓底部長了幾株姑婆芋，其中一株高舉著一莖鮮紅色玉米般的佛焰苞。

梨文想了一下。「舅公被通緝時，有一群人曾來我外婆家門外叫囂、丟酒瓶……」

他們是什麼人？梨文問母親。

——不認識。

——不認識的人為什麼要攻擊你們？

沒有回答。

「……後來是鄰居出來說，這間厝的頭家破病入院了，他們才離開。」

關於那個年代，母親說過另一件事。兩個小一同學來她家玩，其中一個傍晚回家後慘遭滅門，一家五口被槍斃於日式房屋的玄關內。

另一個同學成年後旅居日本，某次返台小聚時還在不停地問：如果那天我們留她玩到更晚，她是不是就可以逃過一劫了？

那家人做了什麼？梨文問母親。

——不知道。她爸在稅捐處做官，官好像很大。

每次聽母親以平淡的口吻談論往事，梨文都會有種錯覺，彷彿那是個人人以血腥為日常的年代。無論周遭如何凶險、殘酷、扭曲，人都能若無其事地活下去。當然，這種想像並不公平。

「舅公他女兒林錦玉在成大讀書會事件被捕，可能和她父親的背景脫不了關係。除此之外就——還好……」

她父親婚前並不知道未來親家的政治牽連，結婚數年後才從機關裡新進同仁那兒輾轉得知，那人是她母親老家鄰居的遠房親戚。

梨文和康芸小時候都對舅公的事一無所知。父母吵得比較凶的那陣子，也只有一次聽到「共匪」這個詞，當時覺得要不是聽錯，就是和自己有關：她小學五年級參加過學校《小鎮諜影》的話劇演出，飾演敏銳地察覺外地客形跡詭異的數名小鎮居民之一。在附近高中的大禮堂公演時，父母都有來看。她一直不知道母親看著年幼的自己臉上畫著濃妝、一頭短髮接上兩條及腰麻花辮、以童稚的嗓音指著另一位小演員大喊匪諜時，到底是什麼感覺？表演結束後和父母會合，她曾期待他們的評論，但他們什麼也沒說，臉色也不怎麼開朗。她一直以為是自己表現不夠好，讓他們失望了。

剛上國中時，母親有一次帶她和康芸跟著娘家人到桃園機場送她么弟赴美留學。送行氣氛與其說是感傷或歡欣，不如說是如臨大敵；那是個出國要受層層管制與審查的戒嚴年代。

班機起飛後，大家才鬆了口氣。

「剛才好怕大舅的事害他被攔下來。」回程的客運車上，一位阿姨說。

「別說了，小的還在呢！」梨文的母親說，指梨文和康芸。

「出去就不要再回來了，難保次次都這麼順利。」一位舅舅說。

「那以後我們怎麼聚？」

「就大家都去美國啊！」

梨文和康芸趴在窗邊，透過有點髒有點霧的玻璃，看著市郊空地上歐洲馬戲團的華麗大帳篷，彩光流瀉、樂聲悠揚。但梨文覺得有點索然無味，剛才在機場航廈外全家人抬頭所仰望的、即將駛離國境的航班在夜空中閃爍的細小光點，似乎比這還要明亮。

「抱歉。」梨文再次對靜語說，這次更為鄭重。

「怎麼了？」

梨文在小徑的盡頭看到另一株姑婆芋，佛焰苞尚未成熟變紅，飽滿的淺綠色顆粒相互擠壓，好像有幾顆會爆裂噴漿。半固體半凝膠狀的紫褐色錐狀前端像是在流膿，濕軟而黏稠——異形幼獸的舌尖，即將舔上你的臉。

「那麼多人枉死，舅公卻逃走了。那麼多家屬被迫害，我們家卻沒事……」

靜語嗤之以鼻。「那又怎樣？難道你也想受害？」

梨文搖頭。「這只是——無知和幸運的雙重罪惡感……」

靜語啐了一聲。「好奢侈的罪惡感。」

「也對。」

靜語步上種植著檳榔樹的水潭右岸，盡頭是她一開始就想去的緩坡入口。走了幾步，她突然停下來。「對不起。」

「不需要吧？」

靜語繼續往前走，梨文不明所以地跟著。

公寓住家的臥房中，靜語將國中課本和筆記本從書包中取出，分門別類放置在書桌上。

不平整的頁邊突出於英語筆記。

靜語抽出夾頁，是被半強迫贈送的塗鴉。該怎麼處理？

猶豫間，指尖一滑，原先密合的兩張紙頓時分家。

下面那張紙本來被蓋住的那面抄滿了三角函數。每個圖都有種似是而非感：正餘弦兩者混用的圖像紙飛機，餘弦定理像帆船，正弦定理一個畫得像鐘擺，另一個像地球儀。不過，大體來說這些圖都是正確的。

下週要段考，這一頁在考試範圍內。

下課後，補習班教室裡只剩十幾個人，梨文正準備下樓。靜語還在座位上收拾，桌上只剩一本筆記和一罐杏仁，她正想把筆記收進書包，卻看到不平整的頁邊突出來。她立刻一陣懊惱：忘記把三角函數筆記還給鄰座了。她才剛走，說不定現在到樓梯口還來得及叫住她。

靜語拿著筆記紙往後走，還沒跨進籠罩著樓梯口的黑暗，下面就有聲音飄上來：

「剛那是袁靜語。」

靜語倒退。

「誰？」

「袁長青的女兒。」

靜語退回到座位上，打開罐蓋，拿了顆杏仁塞進口中，喀喳一聲咬成兩半，一半夾在指尖。眼角餘光有什麼在閃動。

樓梯上有張臉在八卦的激發下轉過來，那張臉迎上二樓的燈光，閃閃發亮，可能一時沒適應光線的變化，對樓上事主的冷然回望竟然視而不見。

靜語偏頭假裝沒察覺，對方也隨即把頭轉回去，表情微妙。那是什麼？好奇？興奮？鯊魚聞到鮮血，禿鷹發現腐肉。

靜語厭煩地扔掉手上的半顆杏仁。到頭來，她也和其他人沒什麼兩樣。

靜語蓋上罐子，把黃紅綠的地中海山城那面轉開。面向她的，是雪白的繁花杏林。每次她把杏仁罐放在桌上，都會刻意讓這面朝向自己。

幽藍的天空像是瀰漫著霧氣，山坡上有座城堡隱約可見，山腳下種了數十株枝枒開展的杏樹。逆光下，樹枝黑得像是上了焦油，沒有一絲綠意。樹上開滿了帶點粉色的白花，像是被稍早的一場大雪披上了滿身銀羽。樹下鋪了厚厚一層落花白絨，把大地原先的草綠和土褐盡皆遮蔽。冷藍的白光從樹木後方與上方投射過來，穿過成千上萬花瓣後，和地上花毯反射的光形成一道霧白的障壁，透明、厚實、牢不可破。

其實，她以前有很長一段時間一直以為那是片冰雪覆蓋的冬林，也因此常常注視它。沒有一絲生氣的冰凝，在她眼中是寧靜而安詳的。她曾幻想自己躺在那片雪白的軟絨上，任憑持續降下的新雪落在身上，直到整個人被徹底掩蓋，和整片大地一起被永遠封凍。這個想法不知為何讓她覺得很安心。

靜語揹起書包，手拿筆記本走向樓梯口。

經過垃圾桶時，手腕震動了一下。夾在本子裡的兩張紙輕輕飄落。下一次段考榜單出爐後，筆記的原主就掉出前段班了。那頁三角函數，不知是否起了關鍵性的作用。

來到一整排檳榔樹末端時，靜語邊走邊看手機上曹宣荷的訊息：「有事離場 速回收尾」。她一臉煩躁地步下緩坡，梨文落後兩步地跟著。

緩坡上凌亂地坐落著低矮、破陋、無法一眼看出是否有人居住的磚屋。樹木、藤蔓與雜草在其間恣意生長。

從緩坡上俯瞰下方社區，北側與東側多為兩三層高的水泥樓房，離這裡較近的西南側則有許多斜頂平房，少數幾間整齊地鋪著灰瓦或紅瓦，更多的是灰褐色的鐵皮屋頂——大多數不太平整，甚至打上了補釘，以石頭、破瓦、磚頭、整扇鐵網或其他不明物體加以固定。

有間屋子在鐵皮邊緣漆上了一道明亮的橙紅，另外有幾間的鐵皮上則是有大片鏽紅，且因雨水經年累月沖刷而流淋出一道道可疑的暗褐色痕跡。

不過，這些紛雜的質地與顏色都即將被同化或遮蔽：好幾家屋頂或屋脊上都有人站著或蹲著，屋簷下則架著梯子，梯上或梯旁站著人。這些人以接力方式將一條巨人圍巾似的超大帆布連綿地開展於四五家屋頂上。

「保護家園，捍衛土地，原民大串連——」梨文念出了白色帆布上的黑色標語，共十三個字，每家屋頂大概可以分到兩個。「啊！」她在緩坡上站住不動。

一個多月前，《潮聲》雜誌社會議室中央的長桌邊，總編坐在桌首，梨文坐在面對壁板的那側，對面是池如淵。

「下個月中旬的保家衛土原民大串連——」總編看了梨文一眼，她的目光越過池如淵，投往「高俊義控告《潮聲》加重誹謗案」白色橫幅下釘在軟木板上的文件：「千樟嶺開發計畫第二階段變更範圍圖」、「花蓮縣觀光處朱副處長第二次訪問錄音逐字稿」……

總編將目光投向池如淵。「——就由如淵你來負責？」

池如淵點頭。梨文盯著「花東縱谷與海岸新興開發案一覽圖」沉思。

「你打算去哪個部落？港口、太巴塱、刺桐、日昇、拉勞蘭——」總編問。

「拉勞蘭，我跟那裡的青年會有聯絡。」池如淵說。

梨文終於將目光收回。

總編將主辦單位的採訪通知遞給池如淵。「就這麼說定了，沒問題吧？」他的視線再度飄向梨文。

梨文跟著池如淵點頭，表情像是在夢遊。

「走了。」靜語催促梨文，但梨文注意到離緩坡最近的那個屋頂上，也就是大串連的「串」所在處，那三個試圖將還不及固定就被風吹捲的帆布重新展開的男子中，有個熟悉的身影。

「伊恩。」梨文說，這下連靜語都停下來往那裡看。伊恩敏銳地察覺到不遠處所投來的雙重注視，迅速滑下屋頂，隨即消失無蹤。

靜語和梨文繼續往下走。快到坡底時，一間小破屋後牆的低矮門洞中突然冒出一個深褐色的短髮腦袋，從梨文她們較高的角度可以看到髮根約一公分的烏黑，甚至是頭皮上針尖般細小而閃亮的汗珠。門洞上緣纏捲著幾道帶葉枯藤，再加上逆光，梨文有瞬間還以為伊恩戴著頂荊棘王冠走出來。

「回去吧，你不該擅自離開工作崗位。」靜語邊說邊以極快的步伐往社區活動中心的方向走，梨文幾乎要小跑步才跟得上。

「可是你也……」伊恩欲言又止。

「你不也是中途離場？」梨文對靜語說。

「魏總要我和族人協商。」靜語對伊恩說。

梨文問對伊恩：「那你是——」

「我們要幫拉夫拉斯的 vuvu ——爺爺討公道。」伊恩轉頭回望，梨文也跟著一起看過去。剛才伊恩待的那個屋頂上還有兩位少年。曾經扛著百合去射箭場的那位金髮少年高高地站在屋脊上往這邊看。雖然梨文沒辦法看得很清楚，但總覺得他那眼神是睥睨的。另一位少年坐在他腳邊，雙手抱膝，望著遠方。

「你是本地人？」梨文問

「你不是早就發現了？」

梨文往靜語的方向瞄了一眼，她繼續往前走，速度慢了些。

「沒錯我就是校長說的那——那種人：變白、講國語、進大公司——我都做到了。」

他舉起雙手，先攤開，再握拳。「我姊說的，美白時要把拳頭握緊，每個關節每一條皺紋都要吃到美白霜。」

「不過，你好像很熟悉排灣的傳統文化？」

「那是我長大以後才學的。」

「為什麼？」

「利用族群背景獲得各種資源——當初我回來收集資料、請教族老時，很多族人是這麼想的——他們好像也沒錯，至少剛開始的時候。現在雖然不是了，有些人的眼光還是沒變。他們看我，和看你們是一樣的……」

梨文想起石板屋前和溪橋上的居民們。她再次試圖讀取兩位少年的表情，但他們隨即跳下屋頂。

「你剛才說的那個——拉夫拉斯的 vuvu ——那是怎麼回事？」

「生存遊戲業者想找新據點擴大經營，經過村裡人的介紹，看上那塊地。」伊恩遙指緩坡上方稍早梨文和靜語遊走其間的廢墟。「其實當時上面那排房子大部分沒人住。以前的住戶不是搬到下面社區就是根本離開這裡了，只剩三戶。有兩戶拿到補償後也陸續搬走，剩下拉夫拉斯的 vuvu 那一戶。vuvu 無論如何都不想搬，拖了一段時間，卻被一把無名火逼出來。火勢不是很大，也及時控制住了，而且沒人住的那幾間，其實早就跟廢墟沒什麼兩樣。可是這把火依然可以說是毀了 vuvu 的家。vuvu 在西部做生意的兒子把他接過去住，但火災以後他身體一直沒好起來過，後來就……」

伊恩講不下去，靜語卻突然開口：「業者雖然取得產權，可是其他事業出了問題導致資金週轉不靈，結果無限期擱置這裡的開發計畫。那塊地就一直放著沒動，連原來的生存遊戲大本營也暫停營運——」

「還拖欠好幾個月薪水。孩子們玩的那幾把槍，是業者給員工的抵押品。」伊恩說。

他們走到這裡，雖然還有一小段距離，已經可以看到資訊教學展的紅、藍、白帳篷頂蓋。

社區活動中心正前方的白色大帳篷中，王科長、張院長、陸主任、尤欣等人在喝飲料、聊天。

比較年長的當地民眾大都已離開，少數年輕人還留著，各玩各的：瀏覽網頁、玩遊戲、使用社交軟體。一些全星人員及資訊志工已經開始收拾部分不會再使用的器材。

活動中心外圍的沙地上，昱成、家瑛、宗皓在和當地小孩子們玩遊戲。馮國智和鄭葳伶當裁判，涂宏弼、藍杰生、馮家母子、方美月等圍觀。

地上有許多格子，參賽者在每一格裡兩兩單腳互推，試圖把對方先推出格子外。贏的人可以在格子裡放置一個漆成琉璃珠花樣的大型木頭方塊，每個人的花樣都不一樣。目標好像是要排出特定線條或圖形。

靜語一行人走近活動中心外圍的遊戲場地時，昱成被布卡推出格子外，一屁股跌坐在沙地上，布卡跟著趴倒在昱成身上。其他的孩子覺得有趣，爭先恐後地撲上去疊人肉塔。昱成邊笑邊掙扎，大叫：「你們這些胖子！我快死了！」

靜語抵達時，昱成正設法側轉，讓身上的人肉塔傾斜、倒塌。孩子們一個個從左邊滾下來，昱成趁機向右滾，一滾過去鼻頭差點撞上一只鞋尖。一抬眼，對上鞋主靜語冷然的目光。

昱成狼狽地爬起來。

梨文掃視會場，看到的是曲終人散的景象。

「大串連幾點開始？」梨文問伊恩。

「大概是現在。」

梨文轉向昱成。「我要去大串連會場做個採訪，想以來賓身分借一位熟悉本地的工作人員協助。」她望向伊恩，他愣了一下，點頭。「我會找機會報導全星在東部推廣資訊科技及縮短數位落差的努力。」

「好啊！沒問題。」昱成立刻說，靜語瞪了他一眼。「記得五點回來搭接駁車就好。」

「走吧。」梨文對神色還有點迷茫的伊恩說。他立刻舉步，梨文跟上。

「等等，」靜語說。「我也一起去——作為實習督導。」她轉向昱成。「這裡就拜託你了。」

「伊恩的指導員不是我嗎？」昱成問，認真地。

靜語將紫色的全星背心脫下來反摺，讓背上那些銀漆已經褪色剝蝕的星星向內，再交給昱成。伊恩照做，沒反摺。

昱成抱著兩件背心，無言地看著三人遠去。

同一時間，魏總、曹宣荷、鄉長、鄉代等人簇擁著簡副縣長進入門楣上有著「台東縣日昇鄉公所」幾個楷體金字的兩層樓氣派建築，到牆上掛著幾幅排灣三寶圖像的會客室喝茶聊天。

穿過由八支高大木柱所撐起的山形斜頂出入口，伊恩等三人進入部落廣場。已有上千人聚集於此，大多便服，少數族服。許多人正在頭上綁紅布條，有些上面寫著「守護家園」、「還我土地」之類的黑色標語。不少人的脖子上和梨文在橋上遇見的那群一樣圍著毛巾。

這裡沒有突然高起的司令台之類的裝置，廣場中央是一個水泥面的大圓圈，鵝卵石、青草、紅磚、木條、石板等不同材質各自構成圓環，一圈圈向外擴散。中間低，外圍漸高，像只平底淺碟。

中央的大圓圈色澤淡灰，光滑如鏡，但有隱約的輪圈，從高處看下去像一個色素寡淡的眼瞳。和它鄰接的那圈鵝卵石上有彩色碎瓷磚所拼成的十幾個頭目容顏。

青草那圈的南側架了一方大銀幕，畫面分割成九宮格，每格都顯示出參與這次保衛家園原民大串連的一個地點：台北、新北、新竹、屏東、花蓮、台東、南投……。有時候某地畫面會放大為全銀幕，又有些時候銀幕像鏡子般映照出現場活動——像此刻，梨文看著銀幕上的自己和靜語跟著伊恩穿過人群。其間，好幾個當地人對著他們側目。

廣場西側正對入口處，有群人在一頭由漂流木幼弱雜枝所組合而成的高大公鹿背上披白布，一側寫著「捍衛傳統」，另一側是「保衛家園」。鹿的周遭有許多繫掛類似標語的竹竿紛紛立起。

廣場中央有座枯枝雜木堆成的塔，有四個青年以白布做的克難擔架將較為粗大的漂流木運過來後堆上去。

伊恩繞過木塔後，立刻有幾個青年迎向他，有人遞白毛巾讓他自己圍在頸上，有幾個從大銀幕邊的電腦桌前招呼他，其中一個並讓出座位給他。

梨文和靜語走向較外圍但可以一覽全場的木條區。

伊恩在電腦前坐下，開始操作。有人幫他在額頭上繫紅布條，在腦後打結。

廣場中央，最後一根漂流木放上塔頂後，有人從底部將柴火引燃。

大銀幕下方，一個三十多歲模樣的男子拿起了麥克風。他身材瘦削、面容清癯，留平頭，額際和耳邊夾雜了不少超齡白髮，穿著白衫黑褲。

梨文眼帶疑問地望向靜語。

「撒基努，這裡青年會的總幹事。」靜語說。

麥克風發出一陣刺耳的干擾聲後，開始正常擴音。

「今天，我們原住民齊聚一堂：魯凱——阿美——布農——卑南——泰雅——排灣！」撒基努每說一個族名，下面就有人應聲。除了魯凱和排灣，其他都比較零星，但掌聲一樣熱烈。當然，撒基努說到排灣時，下面的歡呼聲是爆炸性的。

稍早，回應泰雅的女聲一出，梨文立刻循聲望去，看到郭翠霞在燦笑。梨文對她揮手，她笑得更燦爛了。郭翠霞附近有三位婦女向梨文投以不知該說是好奇、評估、不以為然還是別的什麼的目光。不遠處，田校長微微地笑著。

「今天我們來這裡，參加全台原民大串連——」撒基努還沒說完，台下又爆出一陣歡呼，這次是因為銀幕上直播的全台連線將主畫面切換到這裡。大家熱烈地對著銀幕上的自己以及想像中的全台灣拚命揮手。

「我們來這裡，為的是保護我們的家園，捍衛我們的傳統、我們的土地……」撒基努繼續說。

「保衛家園，守護土地！」圍繞著柴火的一群青年喊起了口號，其中有剛才招呼伊恩的，也有搬運漂流木的。不少青壯年群眾跟著大聲呼喊，有幾位長者只是默默地看著與聽著，有著深刻繁複紋路的棕褐色面孔在紅布條與白毛巾的包裹下，顯得既小又遠，但肅穆而凝鍊，像是一小段一小段的千年古木。

「一世紀以來，政府強迫原住民用他們的方式生活。我們遷徙不定，流離失所。近年來，有利開發商的條例相繼推動，土地流失的問題日益嚴重，政府和財團對原住民生存空間鯨吞蠶食：二〇〇八年：美麗灣，阿美族，刺桐部落；二〇〇九年：東管處，阿美族，港口部落；二〇一〇年：林務局，卑南族，寶桑部落；二〇一一年：台東縣府永久屋，排灣族，卡阿麓灣部落……」

撒基努每說出一個案例，大銀幕上台灣地圖裡相對應的位置就被標上一個墨汁四濺的黑點。很快的，島嶼的某些區域就被籠罩在似乎還會繼續擴散的黑霧中。

撒基努頓了一下，才說出下一個：「二〇一二年：戮野生存遊戲營，排灣族，虹源部落……」

會場某處爆發撕心裂肺的嘶吼，一波波空氣鼓動聲從梨文後方傳來。在廣場最外圍也是地勢最高的石板區，每隔一段距離，就有位青年將長長的白布條向下拋展，總共有十多位。有的布條上寫著「流離失所」、「家鄉異國」，有的是「財團滾蛋」、「還我淨土」，也有的畫著碎裂或崩毀的排灣傳統圖紋。梨文斜後方那條白布上，是一條被斬成兩段的黑色百步蛇。

一位穿著傳統圖紋背心的中年男子從撒基努手中接過麥克風，更為激昂地說：「政府不但聯手財團侵占原住民傳統領域，還對原住民做出許多不公不義的行為：去年在這裡取締槍枝，破壞祭典，毀壞我們的傳統文化。我們不能擁有自己的獵槍，只能拿漢人給我們的玩具槍……」

台下幾位青年一字排開，默默舉起生存遊戲營抵薪水的那批槍枝，漆黑而光亮。

「……山豬看到我們，都要笑了；祖先看到我們，都流下眼淚。」

「謝謝卡瑪克。」撒基努重拾麥克風。「接下來，我們要一起去向政府官員提出我們的訴求。準備出發的同時，請觀賞部落的孩子們準備的短劇。他們想讓大家看看年輕一輩的掙扎。」

列柱出入口的內側，有些人在準備旗幟、擴音器、布條等用品，有人提來一桶水放在一個木檯邊。檯上有幾個盆子，其中一個裝著泥土，另外幾個裝的是赭紅、橘黃、青綠等顏料。

伊恩和另一個族人忙著調整電腦與音響。

「藍杰生聽說有示威，想來了解一下。」昱成出現在梨文後方。藍杰生在靜語的另一側，她正向他解說著什麼。

銀幕畫面從各地現場連線切換成獨立製作的影片。

伊恩來到廣場中央的營火前確認大銀幕上的畫面效果，對留守在器材旁的同伴比出OK的手勢。

影片一開始，昏暗的天空中，閃爍著幽綠微光的雨滴不斷落下，構成美麗的圖案，似乎是長著花草藤蔓的樹林。四十五度角仰望，枝枒與綠葉織成的密網捕獲了天空，把它染綠。

曾經扛著百合到射箭場邊的少年來到銀幕前，濃綠的森林在他背後的銀幕上開展，只有一側。少年有了單邊羽翼，但無法飛翔。

「畫面真美，這動畫做的真好。」梨文往離廣場中心最近的鵝卵石區前進，藍杰生立即效法。靜語和昱成隨之上前，不知道是自發性的還是職責所在。

影片中作為少年單翼的森林開始變化，輪廓逐漸流線而分明，並浮現出像主機板的螢光綠圖案。

森林羽翼接著開始數段伸縮，甚至在前端生出鋸齒邊緣的利刃。再也不像羽翼而只像是彎刀的不明武器開始肆虐：樹木傾倒、動物奔逃、花草連根拔起，人流離失所。

動畫中的少年遁入城市，抹白了臉，數年後帶了以為可以幫助家鄉的東西回去，但族人只看到遊子背後那曾經毀滅原鄉的綠色機械翅膀，雖然形狀和圖案都和多年前不盡相同。

扮演族人的青年們拿起生存遊戲營作為抵押的槍械對準少年，原來只是恫嚇，沒想到這種在獵山豬時無用武之地的東西卻在此時發揮作用。

現場扮演遊子的少年只是立即蹲下，動畫中的少年卻仰面朝天地慢慢倒下。在飄葉般緩慢的墜落中，少年的每一綹頭髮都往上飄，像是有一千隻蛇想要一起衝上天。

梨文感覺到旁邊的靜語微微一顫，但斜眼瞄過去，她又像是沒事般站著。為什麼顫抖？為少年的命運？還是回想起自己被包圍的場景？

當年的靜語沒有倒地。或許從彼時至今，她一直頑強地站著。

銀幕上的少年倒下後消失於畫面，銀幕下的少年從蹲姿改為躺臥，周圍的族人拋下槍枝，有的跪地，有的掩面，有的低頭伸手遮住旁邊年幼者的眼，有的在同伴低垂的面容前攤開雙掌準備承接眼淚，有的單手勒住自己的頸子、仰頭瞪天。

跪地的那位，黑T恤背上有一行白色的英文字：「No one left to follow（再也沒有人可以追隨了）」梨文想起了國小操場上的一位舞者。

綠色單翼沒有停止它的掠奪和破壞。

兩位青年抬出約單人床大小的竹製部落模型。一群青壯年族人人手一顆香蕉花，高舉過頭砸向模型。小小的、精緻而脆弱的部落在眾人感同身受的痛呼中坍塌、粉碎。

香蕉花落地後骨碌碌地滾動著，有一顆來到昱成腳邊，他一腳把它踢回場中。本來就已經被砸裂的花這下子裂得更開，深紫色的外層苞片上有個大大的白色菱形裂口——露腸的淤血肚腹，無瞳的黑圈獨眼。

梨文望向靜語，目光對上後向滿地香蕉花掃了一眼。

靜語只是搖頭。

砸模型的族人退開後，銀幕上出現一本巨大的書，封面寫著「土地開發法規」。書本被一隻看不見的手掀開，揭露其中密密麻麻但難以解讀的文字。

不知哪來的血，滴滴答答地落在對開的書頁上，速度越來越快。「The End」字樣出現時，書本右頁的大片血跡已經乾了，色澤黯淡，形如龍蝦——一隻半死不活的龍蝦。左頁的血依然亮麗飽滿，持續微妙地變形，看不出來像什麼。

一直在柴火邊緊張地看著銀幕的伊恩終於鬆了口氣，但整張臉卻在油光下流淋著紅、黃、白，斑駁到像是受到了燒燙傷，脖子上的白毛巾也染上不少黃褐汙漬。大概是臉被烤得發燙、潤色護膚品被高溫融化再加上汗水沖刷的結果。

他鼻梁左側上有一小塊肌膚特別清澈，有種赤裸裸的透明感。左腮底部的皮膚黝黑粗糙，沒有生氣，彷彿長久以來藏在厚厚的妝容下，死了。但右顴骨上那塊在一片淺色痘疤間隱隱浮現出微血管的紫褐蛛網，又像是活生生的。

「Good job!」藍杰生對伊恩豎起拇指，然後在昱成陪同下先行離開。

列柱出入口內側，民眾分成幾縱隊準備出發，經過擺放各色顏料的長桌時，有不少人讓桌後的工作人員用筆刷在臉上寫字或畫圖，也有人自己用手指塗。不管是哪種，當部分顏料從臉上流下時，頸上的毛巾就發揮擋土牆的功能。

梨文什麼都沒塗，靜語從最末端的盆中挖取加了水的本地泥土往臉上抹。幾道泥水沿著頸子溜進領口內。

日昇鄉公所大廳中，簡副縣長、鄉長、鄉代、魏總、曹宣荷等人在大幅壁畫前合影留念。壁畫裡是一串巨大的琉璃珠項鍊，最華美的部分被他們的身影遮掉了。

在通往鄉公所的道路上，一黑一白兩個充氣巨人搖頭晃腦地領著示威群眾前進。白巨人身上寫著「政府」，黑巨人身上是「財團」，兩個臉上都打著大叉，白的黑叉，黑的白叉。在他們之間展開的橫幅是當地青年從兩側所共同舉起，寫著「政府住手 財團滾出」。

梨文在隊伍前五公尺外的路邊欲按下相機快門，那瞬間，一位被安全帽遮掉大半張臉的機車騎士出現在鏡頭中，後座高高堆疊的紙箱不穩定地晃動著，遮住了後面正在用大聲公繼續控訴的撒基努。「……我們原住民的文化被忽視，我們的生存權被剝奪……」

機車騎士從遊行隊伍前橫越道路，疾駛而去。

遊行隊伍速度不變地繼續前進，在他們前方約二百公尺外地勢較低的開敞平地，可以見到鄉公所掛著金字招牌的氣派建築。

靜語的面容隨著隊伍的前進出現在梨文鏡頭中，梨文有瞬間竟無法確定那是她。不是因為兩頰上的泥漿，而是某種和當地民眾一致的氣息，彷彿她從來都是他們的一分子。當梨文確定她的身分時，鏡頭中，她後面那排所舉的橫幅出現在她的腦袋上。大大的「GET OUT!」在靜語的頭頂抖動、垂落，像是隨即要蒙上她的臉。

梨文放下相機，看到布條上半截還有字：「黑心財團 鴨霸政府」。

下坡路上，隊伍向右轉過一個彎，本來可以往不到一百公尺外的鄉公所直行，但一整排警察擋在路口，附近也有幾輛警車待命。

在此同時，鄉公所大門前的車道上，有輛車等著要接走副縣長一行人，但鄉長還執著副縣長的手喋喋不休。

「恢復傳統領域，尊重原住民！」

一群青少年從鄉公所後方的小巷衝出，用長長的白布條將副縣長一行人團團圍住，大聲喊出布條上的標語。維安人員見狀上前制止。

被攔在下坡路口的大部隊有部分人趁隙衝過去，跑在最前頭的那人扛著一長一短兩根木條所釘成的十字架。接近被層層環繞的副縣長一行人時，他將十字架從空隙中伸進去，差點戳到魏總。幾名警察上前來把他拉開、按倒在地，拿走他的十字架。十字架的垂直長木條上寫著「台灣原住民」，但「台灣」和「原住民」被橫的短木條隔開了。

維安人員幾乎是用「塞」的把副縣長一行人送上車。其他示威者趕到時，車輛已在維安人員的護送下加速駛離。

有些示威者繼續喊著保家衛土的訴求，有的則對著車尾大罵。

梨文爬上鄉公所右前方花園的欄杆柱頂，瞥見另一頭斜後方地勢較高處的路上，有輛小型巴士駛來，速度不快。後排車窗邊，似乎有什麼人正對她揮手。她正試圖看清，對方打開車窗揮得更用力了。是鄭葳伶。

靜語設法穿過人群來到欄杆底下。「昱成說參訪提早結束，小巴先送走一批人。你還是可以在原訂時間回活動中心搭車。」

小巴更靠近了，鄭葳伶前面那扇車窗開了一小縫，露出半張臉和一隻手，臉是家瑛的，輕揮的小手是家珉的。梨文舉手正想揮，這才發現他們的對象是另一側約三層樓高的木造瞭望台上的當地孩童。

家瑛也跟著弟弟揮起手來。瞭望台頂層有幾個孩子回應，下一層的全都在注意示威動靜。有個像奔仁的，坐在兩層間的樓梯中段，獨自在思考著什麼。

梨文放下手，卻看到快要駛離的車上，鄭葳伶正拚命朝梨文後方指。

梨文轉頭，看到五十多公尺外正朝這裡走來的涂氏父子——他們是在對她揮手沒錯。

花園前，幾個示威者開始怒吼。

「副縣長都走了，現在要怎麼辦？就這樣回去嗎？」

「走了最好，走得越遠越好！全都滾出這個島！」剛才那個扛十字架的人大喊，雖然他的十字架不知道被拿到哪裡去了。「我們不再接受任何形式的壓迫。這塊土地是我們的，我們原住民才是這個島的主人！」

「對！我們才是主人！這片土地真正的主人！」有幾個人鼓譟附和。不知道是誰帶的頭，但一小群民眾開始振臂呼喊：「滾出去！滾出去！滾出去！滾出去！」

有一兩個人喊的是：「滾出去！漢人滾出去！」

一些人的目光有意無意投向梨文和靜語這邊。

全星來賓搭乘的小巴已遠離，維安人員則退至鄉公所門廊下，靜語四周的層層人牆都是示威民眾，密密麻麻的標語在她前後左右高高舉起，像是一座憑空生出的人工樹林：「黑心財團」、「無良政府」、「官商勾結」、「奪地毀家」、「生態屠夫」、「文化殺手」……

梨文擔憂地望著腳下的靜語。她好像又變成了孤零零的一個人，全世界只有她和她自己。雖然臉上抹了泥巴，她在人群中依然白皙得近乎刺眼。

多年前的國中時期，多年後的現在，她老是因為非自願置身其中但沒做過的一些事被孤立，被憎恨。曾經是被害者，現在卻被視為加害者；從前是叛亂犯家屬，現在卻變成霸權共犯。歷史變遷，時間流轉，總有新的罪名加在她身上，但史書中不會有她的名字，時間對她而言並不療癒，總是一次又一次地從她身上碾壓過去。

「袁靜語！」梨文朝靜語伸出手，想把她拉上欄杆，但靜語投向那隻手的短暫一瞥是不屑的，甚至厭惡的。

梨文伸出去的手僵在空中。

「誰都不是土地的主人——」

「大家都一起生活在這片土地上，沒人有資格趕別人走。」

田校長與撒基努一沉靜一高亢的有力聲音從鄉公所前的小廣場傳來，涂宏弼和宗皓也於此時來到花園前。

「我們都是客人，土地才是主人。我們都是或早或晚、或長或短的過客。」田校長說。

撒基努拿起大聲公開始指揮：「發展協會第三縱隊留在鄉公所前繼續傳達這次大串連的訴求，尋求和有關單位的對話機會。青年會第一縱隊回部落廣場和留守在那裡的族人交班，並和全台保持連線。其他隊伍、各部落頭目、各協會與社區代表，還有所有理念相同的朋友們，請到獵人學校準備施放狼煙。」

涂宏弼穿過人群走向靜語，將手裡摺成方塊的紫背心交給靜語。「昱成說口袋裡有皮夾證件什麼的，你自己拿著比較好。」

獵人學校東側有處背山面海、居高臨下的瞭望台，從側面階梯下去是塊開敞的綠地，下方是半月形的遼闊海灣。這裡是灣北，灣南聳立著巍峨山巒。

田校長、梨文、涂家父子、靜語及一些當地民眾步下階梯。梨文正要一腳踏入草地，田校長攔住她並對大家說：「要不要試著赤腳走？和我們的『主人』親近。」他們這一小群人都照辦，包括靜語。

梨文一脫鞋，幾星金黃色的木屑就飄落在翠綠的草葉上——漂流木工坊的禮物。才少了大約三公分的鞋跟高度，卻覺得矮了不只一個頭。腳一踏上草地：潮濕，柔軟，刺癢。土地在腳底延展，腳底的感官在土地上甦醒，兩者都是活生生的。腳掌被土地形塑、和它貼合，關節和經脈在腳背上浮凸、躍動。

綠地中央有個井字型木架，架上鐵鍋裡的柴火燒得正旺。坐在草地上看著火的幾位青年一見來人，紛紛站起來。其中一人脖子上纏了毛巾，頭上也蓋著毛巾，兩頰被遮住大半，面容上半部隱沒在陰影下。是伊恩。

參與狼煙施放的各代表與民眾在柴火邊圍成了好幾圈，田校長等人站在最外圍。

幾位身穿族服的年長男性，在柴火邊吟唱著古調：「...cu-ri-hi-si, nu-re ma qu-sa-la na ken na ma-ru-ru ru-ri ti-lu...cu-ri-hi-si, nu se-ce-vu-nge tu qu-se-ngel pa-su-la ke na se-mi-rip...（我從山野中歸來，帶回滿滿的獵物……我若遇到黑熊，絕不後退逃跑……）」

「我們不是一味反對開發，但希望政府要尊重原住民。」撒基努靜靜地開口。「我們今天聚集在這裡，是要除去那不尊重土地與人的惡靈。所有人，不管是哪一族的，只要認同這塊土地、愛護它，都是我們的夥伴。」

各頭目和代表輪流上前，將手中的七里香枝葉覆蓋在鐵鍋中的柴火上。

「我們現在要將這個心願祭告天上的神，天上的祖靈，祈求祂們的賜福、庇佑。」

七里香的水分化為濃濁的白煙，向上竄升。起先像是一把粗大的號角，把剛才的心願吹響於天地間。一路上升後，更像是道長長的白虹，可以將灣南連到灣北，現在連接到未來，相同的連接到不同的，可知的連接到不可知的。

狼煙活動告一段落。原先看火的幾位青年熄滅餘火、挖坑掩埋未燒盡的枝葉柴薪，拆下木架與鐵鍋，分別打包、準備帶走。田校長等人想幫忙，但他們婉拒了，只讓年紀最小的宗皓幫忙埋枝葉。

對整個場地作完最後巡視後，伊恩又熱又累地往樹上一靠，差點沒癱坐下來。他滿頭大汗，汗水裡夾雜著粉霜、灰燼與塵垢，色濁而質稠；襯衫早已脫下繫在腰間，上半身只剩白色背心；蓋頭的毛巾已不見，頸上的毛巾則鬆開，右側鎖骨上的刺青隱約可見。或許是意識到旁人的目光，他將頸上的毛巾從兩側往上拉攏、蓋在口鼻上。

校長走到他的面前，笑著取下他的毛巾，像個慈愛的父親一樣幫他把滿頭滿臉的汗水與汙漬拭淨。

他右鎖骨上的刺青是條百步蛇，蜿蜒著爬向左胸心臟。

「今天很高興，大家不管是哪一族、不管來自什麼地方，都站在一起努力。」準備離開前，田校長說。「在這個充滿差異的世界裡，每個人都看到自己的不同，學習接受它；看到別人的不同，也接受它。不要覺得只有自己辛苦，別人——很多人——也都一樣辛苦。你不是忍耐別人就好，是要和他一起作戰，甚至為他而戰。」

撒基努在旁重重點頭，其他人靜靜聆聽。

「這不是道德問題，這是生存。大家想要在這塊土地一起活下去，就要合作。你不是只有自己，還有很多別人和你在一起，而你也和他們在一起。」

靜語站在校長正對面，面無表情，視線的方向是海灣而不是校長。

「如果累了，可以像我一樣躺下來。」校長邊說邊示範，大家都笑了，但也有不少人照做。

梨文先在草地上坐下，看到靜語還拿著紫背心直挺挺地站著，就對她說：「一起來吧！」

靜語多站了幾秒，才慢吞吞躺下。

「閉上眼睛，靜下來聽一聽。土地在跟你講話呢！說不定會給你一些啟發……」田校長說。

梨文側翻，背對靜語，左耳貼近地面，閉眼傾聽。

草葉在微風中輕顫，沙土在人體的重量下移動，昆蟲在草葉間爬搔，還有人們姿勢變換時的布料摩擦、關節喀嗒聲，以及吐息與低吟……這些聲音交織成某種有和諧感的、耳語般的曲子，其中有個聲音響亮了點、突兀了點——

梨文睜眼。對面的宗皓雙眼緊閉，嘴微開，吐息沉緩規律，夾雜著不大不小的鼾聲。他父親在旁閉眼忍笑。

大多數人都閉眼仰躺或側躺，模樣放鬆而安詳，只有靜語僵直地仰躺，睜著兩眼望天。紫色的背心反蓋在她身上，讓她像朵被割棄的香蕉花。臉上的泥漿早已乾成一層泥殼，右顴骨頂端那塊裂開了，縫隙間透著陰影，大概是那形如破碎島嶼的胎記。

靜語的正上方有著巨大的樹冠，葉隙間閃爍著無數細碎陽光。她想起了杏仁罐上的圖畫：枝椏開展的杏樹上開滿白花，地面鋪滿落花。穿過樹冠而來的天光和地上花毯反射的光，形成一道霧白的障壁，透明而厚實。

「……如果什麼都沒聽到，那也沒關係，」校長平靜而柔和的聲音再度響起。「你就休息一下，安心的睡吧！」

靜語眨眨眼，霧白的障壁先是出現裂痕，接著崩垮。成千上萬的白色花瓣從空中輕輕飄落，潔白而明亮。

當然，那其實是迎著光在她角膜上破碎的、她自己的眼淚。

8

四個月後，夏天

地方法院調解室裡，安置著「調解委員」、「當事人」、「訴訟代理人」等座位牌的長方形木桌邊，六七個人紛紛站起。近桌尾，《新聞眼》的柯總編向對面欲轉身離去的梨文伸手。

半秒猶豫後，梨文伸手回握。

「嘉琦拜託我跟你打聲招呼。」柯總編說，梨文沒有什麼特別的反應。「她正準備離職，要去英國遊學。」

「哦……謝謝。」

兩端繫著金屬鍊的深藍色壓克力吊牌從天花板正中央懸垂而下，上面的三個白色大字是「等候室」。地方法院的等候室中，三個三乘五的方陣提供了四十五個座位，康芸坐在左後方：鮑伯頭，小麥色肌膚，上圓下尖的雞心形臉蛋上，一對圓圓的眼睛和梨文有點像。

她挑起眼睛把視線可及之處的所有掛牌都瞪了一遍——右上方的「等候室」、側面牆開口上的「調解室」、走廊對面那扇門上的「報到處」——然後嗤之以鼻。「報到處」一側是禁菸標誌，另一側是「人情法理俱在」的標語，「調解室」兩邊則是「化解糾紛」、「以和為貴」。

康芸拿起旁邊座位上擱在包包頂端的平板電腦，打開後隨意點選了桌面上的一個影音檔。

一開始的黑畫面正中央寫者：「Empires of the Sea」（海洋帝國），底下是「by Jason Randall, Digital Arts」。

影像浮現，起先和字重疊，接著逐漸獨立而清晰。透過帳篷的米色布料，可以看到營火在外面的黑夜中燃燒。

注視著火光的，是一位穿原住民族服席地而坐的長者，臉上的紋路像是樹木的年輪。

火苗向上竄升，厚實的帳篷布料被火光照得漸趨透明，頂端浮現連續不斷的對嵌三角構成的紋路。

火光暗去，天色漸亮，帳篷的門突然掀開，一位年輕男子向內探頭。長者在他的背後看到魚肚白的天光以及山巒起伏的墨綠色輪廓。

男子走進來，身上全套族服隆重得像要參加祭典。他背上有弓箭，腰間插著彎刀，刀鞘上刻著百步蛇，蛇背上的紅色菱格膨脹得像是要爆裂。三角形的蛇頭上，白珠黑眼狠狠地瞪視著無名敵人。

年輕男子向長者俯下身來，像是要親吻他的臉頰。長者抬頭和他四目交會時，他迅速抽出腰間彎刀，揮向那好像早已準備好的、漂流木般乾枯的脆弱頸部。

男子走出帳篷時，刀鞘上的菱格消了氣般，沒有先前飽滿。剛才進帳篷時，逆光讓他的面容籠罩在陰影下。現在迎著晨曦，他的黑色眼珠亮得像半透明的琥珀，深得像刀刻的淚溝從內眼角斜斜地劃向臉頰。

男子從高處向東望去，蒼白的晨曦切穿有著金銀兩道傷口的山巒，走向他腳下還沉睡著的濱海山谷。蜿蜒如蛇的河流縱貫山谷，兩岸有著草原、樹林、農地，還有許許多多的聚落。

谷地開始發亮，不是因為晨曦終於降臨，而是東一處、西一處生起的火。有的火固定一地，像一叢叢金黃色的灌木，有許多卻陣列般往同一個方向移動——是一大批遠望如螻蟻的人們舉在手中的火把。是外人來到谷裡？還是當地人奔向海濱？

畫面從暗沉的彩色變成黑白後，靜止。

下一個場景是天色陰鬱、波濤洶湧的海上。一艘木造戰船上，背著盾牌的男子一手抓住桅杆，一手搭在腰間的彎刀上。周圍幾艘戰船駛經，強風中，船帆飽滿得像是要脹裂，密密麻麻的帆索是天神的手指所撥動的豎琴弦，激烈地顫動著。

男子瞇著眼專注地望向前方，島嶼的輪廓隱約出現在他的視線中時，一陣大浪打上來，畫面上布滿水珠，什麼都看不清楚了。在氣勢磅礴的交響樂中，一個蒼老、渾厚的男聲說道：「The future belongs to those who dare to venture out to the world. Believe in your dream, then it is possible to accomplish...（未來屬於那些敢去外面闖蕩的人。相信你的夢，你就能達成……）」

康芸差點笑出來。

「回家吃飯嘍！」梨文拿回她的平板，看了一下螢幕後關掉，塞進自己的包包。

「結果怎樣？」康芸站起來。

「和解了。」梨文邊和康芸並肩走向出口邊說。「《新聞眼》下期會刊登澄清與道歉，另外捐五萬塊給花東文教發展基金會作為損害賠償。」

「就這樣？我的名譽才值五萬，還都捐出去？」

「不能這樣算，而且又不是只有你的名譽。」

「那才應該要更多啊，起碼二十萬。你不知道，前陣子竟然還有學生家長跟別班老師打聽我是不是關說進來的！」

「下期《新聞眼》一出，我買個一百本到你們學校發好了。」

「幹麼讓他們白賺錢！」

步出法院後不久，兩姊妹走在人行道上，旁邊的國小正在改建教室外牆，原本鑲著玻璃窗的磚牆外多了一層塑木活動百葉格柵，把整間學校緊密地包起來。不知道孩子們從裡面往外看到的世界，是什麼樣子？

「你下午不回去上課嗎？其實你用不著請假陪我。」

「誰要陪你，我關心的是自己的名譽。對了，剛才我看了，全星那個叫什麼傑克的遊戲預告有點意思。拍成電影就好了，即時策略不是我的菜。」

「他叫藍杰生，Jason Randall，離開全星一陣子了。昱成說出海洋帝國的那個 Digital Arts 是他新開的電玩公司。」跟梨文說這件事時，昱成的語氣既惋惜又興奮。梨文說你該不是要去追隨他吧？昱成連忙說沒有。

過馬路後，兩姊妹所步上的下一條街正在施工。時近中午，工人們三三兩兩坐在路邊的幾張白色鑄鋁雙人椅上吃便當、聊天。其中兩位有著典型的原住民特色：黝黑粗壯、濃眉大眼，還有在花東常聽到的、音樂般的語調。

不遠處，有個穿著灰 T 恤、螢光背心、黑褲黑膠靴的工人拎著鏟子走向吃便當工人前的沙石堆，黃色安全帽遮住了大半個臉，渾身灰撲撲的，腳步滯重。有瞬間，他的手臂無力地耷拉，鏟尖觸地，發出短促的刮擦聲：尖銳、刺耳、沉悶——靜語一瓣瓣撕下香蕉花苞片的那種聲音。

「Salamat siang, makan!」有個吃便當的工人向他大叫，語氣歡樂。他咧嘴笑，把鏟子插進沙石堆。

「午安，吃飯。」康芸說。

「你怎麼知道？」

「去峇里島玩，當地導遊教的。」

梨文這才注意到，剛來的工人安全帽下的肌膚是帶點銅紅光澤的核桃木色，咧嘴笑時，寬扁的鼻頭擴張成百步蛇頭的鈍三角形。

剛才大喊印尼話的工人，不知為了什麼事，和旁邊的夥伴笑成一團。

「你全星另外那個朋友呢？」康芸問。

「……她不是朋友。」

「好吧，同學。她怎樣了？」

「上次會議結束後不久就離職了。」這是涂宏弼說的。梨文寄宗皓的照片給他，或許由於靜語也被拍了進去，他回信時順便提起。「去屏東一家教養院協助身心障礙者做職能發展。」

「你還有跟她聯絡？」

「沒有。」

康芸張嘴又說了些什麼，但全被一陣鞭炮聲淹沒。

地方廟宇信安宮的神明出巡隊伍經過，鑼鼓喧天、炮聲隆隆，所經之處，一道道白煙冉冉升起。梨文想起了火哥所說的、在溪床上彷彿無盡燃燒的漂流木。在這裡，煙霧散去之後，神明會出現嗎？

繼前鋒陣而來的是舞龍舞獅、神兵神將，一來就駐足向派人拿著紅包在街邊等候的商家及立委服務處致意。

「我們走這邊！」梨文趁著這個空擋抓住康芸的手臂，踩著厚厚的鞭炮屑穿越遊行隊伍。鞭炮屑鋪滿了整條街，紅豔豔的但又帶點灰，在雜沓的腳步間不時顫動、位移，像是整大群正在另覓棲地的招潮蟹。

梨文拉著康芸奔入對街小巷。「下個巷口右轉後再穿越一片空地，就到捷運站了。」

康芸又說了什麼，這次是被電子花車播得震天響的韓國流行樂蓋過。

兩姊妹在巷口右轉後，下一條短巷的盡頭有頭白色斑點的公鹿擎舉著枝狀大角側身面向這裡，目光憂傷。

「你太久沒回台北了。」康芸越過腳步慢下來的梨文。「這片空地被圍起來快一年，根本過不去。也不知道為什麼，一直沒動工。」

公鹿站在鐵皮圍籬上的彩繪草地裡，和轉身看兩隻幼鹿的母鹿遙遙相對。大的幼鹿緊跟著母親，小的低頭只顧吃，鼻子埋進草裡、都快看不到了。公鹿和妻小之間的大片草地上寫著斗大的「鹿苑建設 幸福家園」。

康芸帶著梨文繞行圍籬旁隱蔽而窄仄的小徑。

終於脫離圍籬朝捷運站走去時，後方傳來轟然巨響。姊妹倆回頭往上看，煙火在空中如花綻放。淺青與淡金的星火飛散後，消失於墨綠色的山巒間。

梨文的視線往下。工地圍籬的這一頭，畫的竟然是鹿的背影。暮色逐漸降臨，蒼綠的長草隨風飄搖，公鹿頭也不回地走向霧氣瀰漫、看不出有什麼在那裡的地平線彼端。

梨文覺得臉上的肌膚有著星星點點的細微灼痛。是噴濺的煙火從她臉上掠過？還是別的什麼恆久的、無法消除的傷口。

同年十月，高俊義控告《潮聲》雜誌加重誹謗一案，經高檢署再議，仍認為報導並未構成誹謗，維持地檢署不起訴《潮聲》雜誌三名被告訴人的決定。

INK PUBLISHING 文學叢書 519

紫色香蕉花

作　　者　李依倩
總 編 輯　初安民
責任編輯　林家鵬
美術編輯　林麗華
校　　對　吳美滿　李依倩　林家鵬

發 行 人　張書銘
出　　版　INK 印刻文學生活雜誌出版有限公司
新北市中和區建一路 249 號 8 樓
電話：02-22281626
傳真：02-22281598
e-mail：ink.book@msa.hinet.net
網　　址　舒讀網 http：//www.sudu.cc

法律顧問　巨鼎博達法律事務所
施竣中律師
總 代 理　成陽出版股份有限公司
電話：03-3589000（代表號）
傳真：03-3556521
郵政劃撥　19000691　成陽出版股份有限公司
印　　刷　海王印刷事業股份有限公司

出版日期　2016 年 12 月　初版
ISBN　978-986-387-127-9

定　價　320 元

國家圖書館出版品預行編目資料

紫色香蕉花／李依倩 著；
--初版，--新北市：INK印刻文學,
2016.12　面；14.8 × 21公分（文學叢書；519）
ISBN 978-986-387-127-9（平裝）
857.7　　105018162